U0595513

谁不是第一次做人

True
Story

猪小浅◎著

 中国 友谊出版公司

谁不是第一次做人

谁不是第一次做人

目录

谁不是第一次做人

生命最后的告白

　　1962 年，石丽娟出生在沈阳。古老的城市随着她的长大，渐渐褪去了老工业基地的光环。

　　石丽娟高中毕业，就进了铁西区的一家老工厂做统计员。她是家里的老幺，人又长得漂亮。不论家人，还是外人，都喜欢宠着她。

　　那个年代，别人都早早开始相亲了。石丽娟却一点不急。毕竟，喜欢她的男孩子太多了。有时候，连话都没说过，就会找上门。

　　比如，那个周末的午后，太阳晒软了杨柳，空气里飘着蝉鸣，石丽娟刚洗了头发，满是蓝色海鸥洗头膏的香味儿。

　　三哥站在门口喊她，丽娟儿，有人找你。

石丽娟跑出去看，是个高高的男孩，白色的跨栏背心，配绿军裤。石丽娟认识他。是她小学同学的哥哥，罗铁军。只是从来没有说过话。

她问："找我？"

罗铁军指着她，对身后的朋友说："看到没，我女朋友。"

石丽娟的脸腾地就红了，飞快关上了门。

许多年后，罗铁军很爱听一首歌，叫《艳粉街的故事》。倒不是喜欢艾敬的音乐，而是因为他就住在艳粉街那里。歌里唱的，就是他的童年。

大片大片的平房，散落着阡陌纵横的胡同。漂亮的童车都是电影里的东西，偷骑父亲的"二八大驴"才是生活的常态。

放学，男生就在胡同里疯跑，弹玻璃球，扇"片叽"，女孩子们喜欢玩嘎啦哈，跳皮筋，跳房子。谁要是跳坏了，一旁的男生就会发出哄笑。不过石丽娟出错了，是没有男生敢嘲笑的。

这自然是因为罗铁军。罗铁军比石丽娟大 4 岁。那时候，罗铁军可是风云人物，不只学习好，还能打。一群孩子都听他的。

在罗铁军眼里，石丽娟和泼辣的东北姑娘们不一样。说话温温柔柔的，像长在岩石中的一把松软的草。他不敢碰触，只敢远远地看着，呵护她。

不是所有青梅竹马都是从小玩到大，还有一种叫作默默等着你长大。

罗铁军高中毕业后，去当了4年兵。退伍回来那年，石丽娟已经上班了。罗铁军转业进了铁路局，做了乘警，也算端上了令人羡慕的铁饭碗。

一天，罗铁军和三个好兄弟聚会。一个笑他，老大不小的，也没有女朋友。

罗铁军喝了口酒，说："谁说我没有。"

他心里想的是石丽娟。那是他从小就喜欢的女孩子，单相思也算恋爱吧。

罗铁军"啪"地放下杯子，人借酒胆，带着他们就去了石丽娟的家，单方面宣布了主权，结果吃了闭门羹。

朋友嘻嘻哈哈地笑他，做什么白日梦。可他们不知道，石丽娟隔了一会儿，又打开了门，向胡同里偷偷张望。那时的罗铁军啊，健壮、帅气，带着男孩子天然的狂妄。石丽娟又怎么会不动心呢。

石丽娟不记得，他们怎么开始的了。

可能是某一天，罗铁军和她说起小时候。罗铁军说："你还记得我们小时候玩拔皮狗的游戏不？我弟给你的那根打败天下无敌手的皮狗，是我做的。"

石丽娟想了想，自己的确有那么一根皮狗。

原来他们那么早就有过交集，隐匿在时间里的缘分，忽然就倒灌进了心里。

有时会觉得，20世纪80年代，是最具浪漫主义的年代。相爱可以是婚姻唯一的理由。当然，也可能因为穷得平均，穷得平等。10块钱的"大团结"已是面值最大的票子。罗铁军置办了金星电视、牡丹缝纫机、凤凰自行车、上海手表、燕舞录音机，就算风风光光把石丽娟娶回了家。

婚后的日子，罗铁军才体会到石丽娟的另一面。毕竟是家里宠大的"小公主"，温柔里藏的都是小性子。但罗铁军对她，永远是无条件的包容。

石丽娟的年龄，似乎就停在了嫁给罗铁军的那一年。罗铁军无微不至的爱，让她永远长不大。他最爱的事，就是研究她喜欢吃什么。她不吃肉，他就各种做法挨个试。直到试出用土家小笨鸡做出的红烧鸡腿，最合口。每次去外面吃饭，罗铁军都会要一碗清水。因为他知道她不吃油，不吃辣，不合适的菜，都先帮她在水里涮一涮。

有些爱，是刹那的轰轰烈烈；有些爱，是温暖的细水长流。而罗铁军给了石丽娟轰轰烈烈的开场，也给了她细水长流的温柔。

只可惜，无论爱情多美，也绕不过婆婆这道关。罗铁军的妈妈叫吴秀梅，生了四个儿子。罗铁军排名老二。

石丽娟不知道要怎么形容婆婆，可能是罗铁军太过能干，家里的大事小事都依赖他。冬天买煤，搬白菜。夏天拎汽水，扛西瓜。

起初，石丽娟觉得罗铁军孝顺，是人品好。可慢慢地，她发现，婆婆那么多儿子，就紧着罗铁军这一个"薅羊毛"。

说心里没有疙瘩那是假话。

时间迈进 20 世纪 90 年代，石丽娟生了个女儿，取名圆圆。动迁，回迁，折腾了好几年。罗铁军又要上班，又要两家两边跑，肉眼可见地瘦下来。

石丽娟心疼他，说："你妈那边，也不用事事都你来吧。"

罗铁军说："那是我妈信任我。"

石丽娟忍不住回呛："那是她看你好欺负。"

罗铁军的脸一下黑了。他说："不懂别瞎说。"

也许，老二真是家里最敏感的孩子。长子备受重视。弟弟们小，肯定备受宠爱。只有罗铁军，不上不下，处在一个被人忽视的位置上。从小，罗铁军就习惯加倍努力。因为他需要一个理由，让父母看到。尽管累，可只要母亲喊他，心里总会升起莫名的贴近感。

新房回迁之后，父母一直和老大住在一起。因为说好了，老人跟谁，房子就归谁。可是干活他们都习惯性地攒着，等罗铁军出车回来，喊他做。

　　一次周末，难得全家的假期凑在一起。石丽娟计划全家一起逛公园。可是吴秀梅忽然打来了电话，要罗铁军过去帮她搓背。这个理由，真的就有点过分了。老大家里，有媳妇儿，有孙女，谁干不了搓背的活？

　　石丽娟终是爆发了。她在电话里说："你就一个儿子吗？他也有自己的家啊？你给我们一点空间行不行！"

　　罗铁军顿时火了，一把抢过电话，吼了一句："你怎么和我妈说话呢！"

　　那不是罗铁军和石丽娟第一次拌嘴，但是第一次提到了离婚。

　　罗铁军硬气地说："谁不离婚谁是孬种！然后摔门走了。"

　　那一年，圆圆也开始上学了，听得懂那两个字的含义。她一个人坐在角落担心死了。甚至开始思考跟爸爸还是妈妈的人生难题。可是没过多久，罗铁军就回来了，手里拿着母女俩最爱吃的大盒冰激凌。

　　石丽娟没好气地问："回来干什么？拿衣服啊？"

　　罗铁军嬉皮笑脸地凑过去，说："我是孬种，我是孬种。"

　　石丽娟看着他认怂的样子，扑哧一声笑出来。可是她的心里，对罗铁军无限制对婆婆的好还是有怨气的。但也只能爱屋及乌吧。爱一个人，不就要爱他的好与不好吗?

那几年,罗铁军的父亲和哥哥,相继离世。三弟闹离婚,找新人,最后被骗光家产。里里外外,能撑家管事的,也就只有罗铁军了。

可婆婆一点不省心,甚至还有点变本加厉。那时候,婆婆最开心的事,就是让罗铁军开车送她去医院。从头到脚检查。冰上摔跤了要罗铁军背着走,换假牙也要罗铁军陪着。洗澡都是让罗铁军搓背。

连一贯刻薄的大儿媳妇儿都看不下去了,说:"老二不是亲生的啊,就揪着他一个人折腾。全身都检查遍了,下次是要检查脚指甲了吧?"

可是没办法,婆婆折腾出了习惯。

女儿圆圆上大学后,生活才轻松一些。罗铁军和石丽娟有了更多的时间在一起。石丽娟以为会这样平平稳稳地走下去,没想到这样的日子,也就只有几年。

很突然的一天,罗铁军就倒下了。那一年,罗铁军还不到 60 岁。可是三高一样不少,后来转为了脑梗,引发了并发症。肝、肾、肺一个一个都要停转了。

躺在医院里的罗铁军,时而清醒,时而昏迷,高烧一直不退。医生说不可以打退烧针,只能物理降温。

在杭州上班的圆圆接到消息,马上就赶回来了。石丽娟整日整夜为罗铁军擦身子,谁也不让碰。罗铁军呵护了她一辈子,现在轮到她来照顾他。她每天将他从头到脚洗得干干净净，还涂上香香的护手霜。每天鼻饲的食材也是用搅拌机自己打，非常干净。

圆圆心疼她。石丽娟不知道怎么告诉女儿，她一点都不觉得累，只要每天能看到罗铁军，就很知足。

石丽娟也是在那时后悔的。她早应该阻止罗铁军的不是吗？人的精力终是有限。罗铁军要工作，要照顾老人，要照顾兄弟，要照顾大家庭，太多的烦扰早早地耗尽了他生命的能量。然而最可悲的是，他入院这么久，婆婆都没有来看过他。直至弥留之际，她才姗姗来迟。

罗铁军听到妈妈来了，微微睁开了眼。谁也说不清他昏黄的眼睛，贮藏着怎样复杂的感情。他喃喃地说："妈，我想吃你做的菜。"

婆婆怔了一下，点了点头。

婆婆在家里做了四菜一汤，叫老四送去了医院。其实那时的罗铁军已经吃不下东西了。他看着还温热的饭菜，对着石丽娟努力地扬了扬下巴。

石丽娟一瞬就明白了。他知道她吃不惯外面的饭菜，可他再也不能为她做饭了。所以，他才让母亲替自己做几个菜送过来，不想让石丽娟吃外卖。

石丽娟是哭着吃完的。罗铁军躺在病床上，无声地陪着她。

收拾碗筷时，石丽娟像以前那样问，你爱我吗？

她没想听答案的。

可罗铁军的呼吸，忽然就变得急促起来。他猛地吸了口气，艰难地说："我……爱……"

那是罗铁军一生中留下的，最后两个字，轻轻地，飘进了石丽娟的心里。

罗铁军在离开这个世界前，医生对他做了最后的抢救。尽管是徒劳，但石丽娟真的渴望一个奇迹。

然而谁也没想到，这场抢救，揭露了一个真相。血库告急时，老四自告奋勇要献血。可老四的血型居然与罗铁军不符。谁都知道二老一个 A，一个 O，可给罗铁军检了两次，却是绝不可能的 B。罗铁军竟然不是亲生的。

石丽娟一瞬明白了婆婆对罗铁军感情上的疏离。直到生命的最后一刻，罗铁军都不知道这个事实。他一生都在渴望得到父母的认可，渴望那种最原始的亲情。然而他一生都没能得到父母真正的疼爱。

石丽娟替罗铁军感到不值，也为自己这些年，因为婆婆的事和罗铁军闹别扭感到后悔。罗铁军是因为在婆婆那不受待见，才会那么不顾一切地寻求婆婆的认同吧。可惜婆婆从来没把他当成自己的儿子。

其实，家里只有两个人时，罗铁军也会露出另一个自己。他会求石丽娟给自己掏耳朵，像个小孩子似的躺在她腿上。

现在想想，五大三粗的他是在撒娇吧。在小小的两人世界里，他才能恢复一点撒娇的功能。那时的他，不只会说我爱你，还会追着问石丽娟爱不爱自己。石丽娟被他肉麻得张不开口，说他像个孩子。

可是，现在她后悔了。罗铁军是从没有被当作孩子对待过，才会在她身上，找寻被宠爱的感觉吧。

她应该告诉他的，她爱他，像他爱自己一样。他们结婚 34 年，那时石丽娟总以为时光漫长，他们还有足够的时间相爱。可惜，她的余生里再也没有他。

那段时间，石丽娟吃不下睡不着，整天郁郁寡欢。圆圆不放心，就把她接去了杭州。那已是杭州的 4 月。圆圆陪着她玩了一整天。

石丽娟累了，坐在西湖边的长椅上休息。夕阳像匹混了金丝的缎子，抛在水面上。

圆圆问她："你渴不渴？我去给你买瓶水。"

石丽娟摇了摇头。

"那你饿不？"

石丽娟拉住她说："我也不饿，你陪我坐会儿。"

圆圆在她身边坐下来，额头的汗，在晚霞里闪着微微的星芒。

她说："你知道我爸清醒的时候，偷偷嘱咐我什么吗？"

"什么？"

　　"他说，我宠了你妈一辈子，宠不动了。以后，你要帮我宠着她啊。"

　　圆圆挑了挑眉毛说："听见没？他把你交给我了。"

　　有那么一瞬，石丽娟仿佛看见了罗铁军，也是这般青春狂妄的样子。石丽娟搂了搂女儿的肩，心里为自己漫长而瑰丽的爱情，悄悄画上了句号。

　　罗铁军总说遇到石丽娟是他的幸运，其实她的人生有他，被他宠爱，才是福气。

　　只能希望，还有来生吧。依然是夏天，他会再次敲开她的门。晚风，霞光，一身的朝气，汹涌蓬勃。他还会用同样嚣张的口吻说，嘿，这就是我女朋友。

异乡的爹娘

2010 年，我爸来南京看我。那一年，我 26，他 48。走在路上，人家都以为他是我哥。因为他又年轻，又帅气。

我爸爱美，年轻的时候就是。我妈说："当初看上你爸，就因为相亲的那几个男的里面，只有你爸擦了雪花膏。香喷喷的，可招人喜欢了。"

那时候我爸真是一穷二白，用家徒四壁来形容也不过分。我爷爷去世得早，家里两儿一女。姑姑比我爸大 4 岁，早早嫁人了。大伯结婚后，还分了家，要走了房子。我爸 16 岁就被扫地出门，住在工厂的集体宿舍里。那时他在胶鞋厂上班，生产解放鞋和农田鞋。

不过，穷也不能阻止我爸的爱美之心。没钱的时候，买最便宜的蛤蜊油擦脸。后来，为了相亲，花了1块2的天价买了友谊雪花膏。

我妈在国营饭店做服务员。

家里面都不看好我爸的，觉得他"油头粉面"，靠不住。可是，谁让我妈是颜控呢，就喜欢长得好看收拾得干净的男人。

1983年，我妈嫁给了我爸。我爸的厂子分给他们一个两室的宿舍。第二年，我就在这间小房子里出生了。

我家在辽宁，一座靠几个大厂撑起的小城。许多人说起童年，都说是丧偶式教育。妈妈包揽一切，爸爸撒手不管。可我爸不是。

他特别热衷搞家庭活动。每年都要攒一点钱出去旅游。记得小学的时候，有一堂课讲长城。

老师问："谁去过？"

只有我一个人举手，叽叽叽地讲了长城的历史。老师夸我见多识广。那时候我真的是无比自豪了。我心里特别感谢我爸。因为从小到大，他都在向我科普一堆稀奇古怪的知识。别说是长城了，如果那天老师问的是UFO，我一样能答出来。

那时候，电视台还有一档叫评书联播的节目。每天放学回家，就跟着我爸听评书，比看《大风车》还有意思。田连元的《杨家将》、单田芳的《童林传》……听得高兴了，还和我爸比画比画。

　　在我的记忆里，整个童年仿佛只有夏天。阳光灿烂，浓绿新鲜，橙色的橘子汽水，飞散着欢乐的泡泡。

　　我妈说："哼，还真是少年不知愁滋味呢。"

　　对于东北来说，20世纪90年代并不好过。好多人都下岗了。我爸妈也不例外。但我从来没有觉得苦过。因为没少过吃，没少过穿。

　　后来长大了，搬了大房子。我妈才会和我说说当年，忆苦思甜。

　　那时候，我爸妈几万块买断工龄后，真的不知道能干什么。我妈去了一家保洁公司干活。我爸到洗澡堂子搓澡。但我爸从不让我妈在我面前说一个难字。

　　应该是我上初一吧。每年暑假都会带我去旅行，近一点也会去葫芦岛转一转。可那一年，我爸却突发奇想，去了郊区的一个大公园野餐。

　　我妈做了好吃的，我爸背上汽水，还带了一条大床单当野餐布。我傻傻地玩了一天，可开心了，还说比爬长城省力气多了。

　　其实那是我们家最苦的一年。我奶奶脑梗，舅舅跟别人打架，赔了好多钱……烦心的事一件接着一件。

　　家里是真没钱了，怎么算都不够出去走一趟。可我爸还是搞出点野餐的名堂，不想让我失望。有时想想，在我成长的路上，好像从来没有阴云。因为爸妈把所有的苦难隐去了。

我上高中后，我家才开始有起色。我爸在搓澡的时候，认识了一位大爷，有独门的烧鸡手艺。我爸百般讨好，要给人家当徒弟。

大爷也喜欢听评书，和我爸很投缘。我爸在家里背好段子，给人家边搓边讲。有一次讲得激动，滑倒了，摔了个仰面朝天。大家都笑他。可大爷却觉得他可怜了。

后来他问我爸，"你都快40了，还当啥学徒啊。"

我爸说："我女儿还没长大啊，还要考大学。不能因为我没本事耽误了她。"

大爷被我爸感动了。他说："都是当爹的，不容易。"

我爸在大爷家里干了一年的活儿，得到了真传。出师的时候，大爷还把自家几十年的老卤分给我们。他只立了一条规矩，就是不许我爸在他家附近开店。

我爸就这样在马路边上开起了小摊子。记忆里，都是他冬天的样子。因为东北的冬天太冷了，站一会儿就能冻透骨头。我爸穿得像个皮球，围着厚厚的围巾，脸上涂着一尺厚的蛤蜊油。

有时候，鸡卖不完。我下晚自习回家都能看见他，站在路灯的光幔里，黑色大皮帽上结着一层霜。

我想陪他，可他从来都不让。他说："路口的风太硬，把脸都吹坏了。"

我妈说："看你爸这个爱美的呦，不担心他姑娘一个人走夜路，就担心他姑娘被吹丑了。"

好好一个温暖片段，一秒被我妈破功。

其实，我们家一直都是这样，所有的苦情戏，都能变成嘻嘻哈哈的喜剧。

那几年，我爸的烧鸡越做越好。他用料实在，人缘也好，口碑慢慢就传开了。后来租了店面，第三年开了分店。等我读到大二的时候，我们家就买了新房。

我在南京读的大学，交了男朋友。他叫梁城，本地人，个子不高，但帅帅的，符合我妈对颜值的要求。

梁城是个干什么都一本正经的摩羯座男生。我们恋爱一个月，他就认真地问我："你毕业是留南京还是回老家啊？"

我说："当然是留南京了，回去能有什么好工作。"

他又问："你不用问问你父母的吗？"

我说："我爸巴不得让我出来闯好嘛！"

这一点，我无比确定。不是所有人都爱自己家乡的。比如我爸。他觉得老家暮气沉沉，又没机会。年轻人就应该到外面去发展。寒假的时候，我带着梁城去东北玩。我爸热情地招待了他。

临走的时候，他和梁城说："我们这个小城你也逛了，太闭塞了。将来你有孩子可能就会明白。越是爱我姑娘，我越是不想把她拴在身边。那样太自私了。我希望她能活得比我们好。"

梁城说："叔叔，我懂。你放心，我这辈子一定对她好。"

也许是年轻吧，也许是真的没心没肺。那时还不懂得我爸和梁城简单的对话，其实是达成了某种契约。我爸妈尽足了做父母的义务，却放弃了做父母该享有的福利。

梁城的爸爸是大学教授，妈妈在一家国企做财务。他们对我还是蛮喜欢的，觉得我懂事又漂亮。梁城这么死板的男生和我在一起都变活泼了。

工作的第二年，我做了南京媳妇。日子过得蜜里调油，梁城和公婆对我都挺好。和爸妈说起来的时候，又甜又暖的，他们总算放心了。

翌年生了宝宝。那时还不太流行找月嫂，而公婆还没退休，我妈过来帮忙伺候月子。家里也请了保姆。可我妈全都要自己来，样样管着我。这个不能吃，那样必须喝。

梁城说："妈，你也歇歇，别累着了。"

我妈神采飞扬地说："我不累。这些年我姑娘不在家，我都要闲死了。那帮扭秧歌的姐们儿都羡慕我，哪知道是我羡慕她们呀。有儿孙烦你，那是福气。"

我抱怨说："是我烦你好吧。"

我妈连翻我白眼，说我身在福中不知福。那时候，我完全不知道，这是自己和妈妈最后一次斗嘴。

出了月子，我妈又陪了我一个月，才恋恋不舍地回了家。

没多久，意外发生了。家里维修门面灯箱，工人把扳手忘在上面，后来刮风掉下来，好巧不巧砸在了我妈脑袋上。妈妈开始就是有点头晕，没当回事，结果第三天开始呕吐，后脑肿起拳头大的包。

我爸连忙送妈去医院，但有些晚了。

我爸刚开始瞒着我。说我妈感冒，嗓子疼，不能接电话。直到有天我爸给当医生的表哥发图片错发给了我，我才知道了情况。

我妈的命是救回来了，但留了后遗症，偏瘫，连话都说不全了。

是梁城陪我回老家的。儿子刚过百天，没有带在身边。梁城问我爸有没有追责？哪个工人干的，找没找到？

我爸说是老同事的儿子，人家都上门磕头了。

梁城气愤地说："磕头能治病吗，能当钱花？"

我爸拍拍他的肩膀说："你不懂。各家活得都不容易，心意到就行了。他赔个倾家荡产，也换不回你妈的健康。"而我只会拉着我妈哭。想起坐月子，还各种嫌她麻烦，心里懊悔不已。

回程的路上，我第一次感到不想离开家，不想离开那个封闭的、慢吞吞的、用磕头当赔款的小城。你可以说它不现代，没有法治观念，但也可以说它盛着一碗垂暮的夕阳，满满人情。

　　我缓缓地叹了口气说："唉，有点不想走了。"

　　梁城说："别孩子气，工作、孩子哪一个也不能放啊。咱们出钱，给妈请个护工吧。"

　　是因为摩羯座吗？还是因为他从未离过家，无法与我共情。此时此刻，我不想听解决方案，只想他闭上嘴，抱一抱我。

　　有了孩子才知父母恩。儿子把我乳头咬出了血，可我脑子里想的都是我妈和我爸。想我妈怎么样了，想我爸应不应付得来。电话里，他是什么都不会说的。只会讲，都挺好的，不用挂念。我只能见缝插针地找时间回去看一看，却没法待太长时间。这让我很愧疚，却又毫无办法。

　　2010年，我爸突然来南京看我。他还是那么帅气。走在路上，人家都以为他是我哥。可是，从一见面，我的眼睛就没离开过他脸上的伤。很明显是挠的。我一直不敢问。住了三天，他就要回去了。

　　晚上，我和梁城陪他喝酒，两瓶下去，梁城就躺下了。

　　我爸的脸，隐隐泛着红。

　　我说："爸，我都当妈了，有些事真的不必瞒我。有什么难处，让我帮着分担一点。"

　　我爸红着眼圈，终是开了口。那段时间，我妈的情况不太好，身子没有好起来，脑子也开始不行了。常常发脾气，乱砸东西。没来由地会打我爸。最近的一年，我爸过得很难。

他说："爸爸不是怕累。我是不忍心看你妈这个样子。她最爱美了，最后落得这么不体面。爸爸过来，一是散散心，二是想看看你。你俩是我这辈子最爱的人，你妈拉不回来了。你可要好好的呀。"

我听着，眼泪止不住地往下掉。心里痛得要死，却也帮不上任何忙。

我爸住了三天就回去了。他舍不得我妈，也怕朋友照顾不好我妈。

我和他说："有什么事，多和我讲讲，出不上力，也能分个忧。"

他说："好好好，我明白，女儿长大了。"

可回去之后，他仍然是报喜不报忧。电话里，不是说，我妈吃了一碗饭，就是上厕所知道喊他了。在他的描述里，我妈日渐好转。可是每次等我回去，就知道，那只是假象。

2013年，我妈永远地离开了我。她是晚上走的，安安静静走的，脸上带着笑容。

我爸说："睡觉前，你妈忽然和我清清楚楚地说，辛苦你了。我就觉得有点不对劲儿。半夜起来，你妈就没了。"

那一年，我爸刚过50，头发全白了。我好自责，可我能拿什么补偿呢？钱吗？我爸可能最不缺的就是钱。在这座偏远的小城里，物价不高，平时爸妈都省吃俭用，攒了不少。

陪伴吗？他可能也不需要，他有朋友，有自己的圈子。带了三个徒弟，平时比我还孝顺。其实，他只是需要我。他一生最爱的两个女人，一个已经离开了，一个却相隔千里。

这几年，我总要组织全家去旅行。有时梁城没有时间，有时公婆不想去。但我必定会拉上我爸。我想，这是我唯一能做的补偿吧。像小时候，他带着我去玩一样，去看看世界的风景，去享受一家人的团聚。只是每次离别的那一刻，我都好怕看他的背影。别人说他年轻、帅气，其实他已经慢慢开始驼背了。

如果时间可以倒流，我想我不会远嫁了。我会陪着爸妈快乐地开店。他们想我了，我就回家吃饭。想外孙了，就来我家看看……

有一次，和我爸在微信上聊起这些。

我爸说："从小《杨家将》都白听了。人家一门女将，没有缩头的。人往高处走，水往低处流。人都是一代一代往上奔的。你闯出去了，我外孙子以后就不用再遭这个罪，对不对？"

说实话，我不知道对不对。我只是想到儿子，理解了我爸。做父母的，都希望孩子踩在自己的肩膀上，去看更远的风景，见更大的世面。

漫长的告别

2018 年，我嫁给了祁明。祁明是山东人，家里的独生子。他为了我定居昆明。

所有人都觉得很感动，我妈也是。

我妈说："你要一辈子对祁明好。"

我笑着说："知道啦知道啦。"

我妈待祁明就像亲生儿子。祁明喜欢吃什么，工作上需要什么帮助，她事无巨细地操心。我和祁明的新房也是我妈陪着装修的。

那段时间，我们每天一起逛建材市场。销售和我们聊天，知道我是留英硕士，又有很好的工作，都夸我妈教育得好。

我妈骄傲地说："我女儿是散养大的，不用我管。"

人家都夸我妈好福气，只有我知道，那一句"散养"，包含着多少辛酸与无奈。好想和妈妈说声对不起，请她原谅我曾经的任性与不懂事。可是人大了，有些话，就不好意思说出口了。

我从小有很多本事的。篮球、游泳、溜冰……遥想当年，我可是小朋友圈第一个有溜冰鞋的孩子。

当然，我玩这些东西，身上从来少不了伤。

我婆婆笑着说："你妈这哪里是养姑娘啊，把你养成小子了。"

我想想，也是呢。

从小我妈就没教我学过什么女孩的东西，怎么护肤，怎么防晒，甚至连洋娃娃都没有给我买过。

可能因为我妈是学采矿的吧。她和我爸是大学同窗，毕业从昆明分配到东川矿山。爸爸在矿里下井画图，妈妈在设计院。一穷二白的两个人，全靠自己努力建起了小小的家。

妈妈 24 岁时生下了我。那已经是 1991 年了。因为两边家庭都没办法帮忙带孩子，我妈左右衡量，转去了事业单位上班。男主外，女主内，看起来很平常。可对我妈来说，牺牲很大。那个年代的大学生都金贵，留在设计院前途无量。我妈放弃了对口专业，就等于放弃了美好的前途。一切只为了我。

我从小体质很弱。我妈为了给我养身体，带我看中医吃中药。那么苦的药，我根本不愿意吃。我妈就把药材研成粉，一颗一颗装进胶囊。妈妈为了孩子，真的是能想出千万种办法来。

那时候，家里还很穷，住在一个连厨房都没有的小房子里。我妈只能在狭小的过道里用电炒锅做饭。记得一天放学回家，我一不小心就踩进了滚着沸水的锅里。我妈吓坏了，背起我就往医院跑。因为太痛了，我一边哭一边叫。我妈就把我公主抱在怀里，轻声地哄我。长大了，自己抱过人，才懂这个姿势有多累。可那时候，每次去医院换药，处理坏掉的皮，我妈都是这样抱着我去的。因为她怕我疼，这个姿势会更舒服。

想想我人生里的第一位王子，就是我妈了，自己累一点，苦一点也不想她的小公主多受一点罪。可是，渐渐长大的小公主，却想逃离她了。

我爸是在我上初中后升职的，家里条件突然好起来了。尽管我妈没教过我怎么美，可一点不妨碍我长成一个熟练使用火星文的非主流姑娘。

初三的上半年，我和一个男孩子谈恋爱了。他叫何平。我们学校的校草。长得帅，成绩好。可后来他和一些差生混在一起，开始逃学、打架、泡网吧。那时候流行读安妮宝贝，我也不例外，对爱情就有了孤注一掷的执念。他选择混我就陪着混。

我妈那时真的急坏了，找我谈心。可她是个很温柔的人，只会好言相劝。她拿叛逆期的我毫无办法。我的眼里只有爱情。即便面对妈妈的眼泪也无动于衷，甚至感到厌烦。

中考，因为之前的底子还在，我考到了昆明一所不错的高中。我妈果断调换工作去昆明陪读。她以为距离可以隔断我和何平，可没想到何平也转到昆明来上学了。

为了防止我去见何平，我妈每天早晨把我送到学校门口，才去上班。而我每天看着她离开，再逃学去找何平约会。那时候，我妈被我熬得心力交瘁。她想了各种办法。不给我钱，把我锁在家里。

作为受过高等教育的大学生，她甚至去庙里烧香，想通过改名字，来改变我。可我到底是大了，对所有方法，都嗤之以鼻。

我家昆明的房子在 10 楼。她把我锁在家里不让我出门。我就拉开阳台的门，对她说："你不让我走，我就跳下去。"

那时觉得自己可勇敢了，为了爱情可以死。

到了高一下半学期，何平和几个朋友在城中村租了房子。我开始几天几天地不回来。打架、泡网吧，没日没夜地玩劲舞团。而我妈呢，大半夜的，一家网吧一家网吧地找。可她找到我，我也不和她回去。她眼看着自己一手带大的女儿任性地离她而去，心里只有绝望。

6月了，整个昆明都笼罩在葱茏明媚的夏日里。我缩在昏暗的网吧里，身上只剩下5毛钱。有时想通真的就是一瞬间的事，忽然就厌倦了这种阴暗的生活。

我拿出手机，给我妈打了电话。我说："妈妈，我还是想读书。"

我妈一下子哭了，叫上我爸，把我接回了家。

直到那天，我才明白，自己所有的有恃无恐，都是在挥霍着妈妈对我的深爱。我敢那么叛逆，只因为我知道妈妈永远不会放弃我。

不久爸妈给我安排了新的学校，重读高一。那是所离市区70多公里的全封闭中学。

虽然我和何平没有完全断掉，但那些年，开始收心了。高考之后，我爸让我出国读大学，至少也要出省。我去了天津。

不得不承认，爸妈的策略终是有了效果。我离何平越远，见识越广，就越来越体会到他的不值得。

大三，室友选择三加一的项目出国读书。我也动了心。2013年我考取了英国的一所大学，在那边又读了研。

放假回来，再见到何平，差距全出来了。我身边都是优秀的男孩子，而何平说话做派依然是街边的小混混。所有青春里的轰轰烈烈全部幻灭了。

有时想，可能是我青春期太叛逆了，导致我长大后特别恋家，尤其是对我妈。去了英国之后，每天都要和我妈通话。向她诉苦，和她撒娇。远在地球的另一边，我体会到了什么叫不想长大。

一毕业，我就飞回了家。

我在研二时交了新的男友。他就是祁明，一个为了我，"远嫁"到昆明的山东汉子。我就这样结了婚，安心地守在父母身边。

那几年，我爸从工作岗位上退下来了。他和我妈在老家买了一处有大院子的小别墅。我妈种了许多的鲜花和果树。门前的两株蜡梅是她最喜欢的，一到过年，总是开得格外热闹。

婚后，祁明很快就被我同化了。我妈要是十天不来看我们，我们保准开车回去黏他们。一起散散步，聊聊天，买二老最爱的 M9 牛排，做大餐，日子其乐融融。

2019 年，我怀了孕，却意外流产，闹了一段时间的情绪。都是妈妈陪着我。她还像从前那样包容着我的坏脾气。

2020 年疫情，不敢怀，小心翼翼地度过了这一年。

然而谁也没料到，2021 年，刚过完春节，我妈却病了。

肝癌。

全家都吓坏了，祁明马上约了上海的专家，一起飞过去。报告是我爸去拿的，回来说还行，好好治疗没问题。

我们都松了口气。

晚上，去饭店吃饭，我们不约而同地都点我妈爱吃的菜。她吃得努力，好像怕辜负了我们的心意。后来，我妈去洗手间的时候，我爸才对我和祁明说了病情。

妈妈得的是肝内原发胆管细胞癌。肝癌之王。放化疗没用，单独免疫治疗没用，没有任何靶向药物，可以说，现有的治疗手段，都无效。

我瞬间崩不住了。

爸爸说："别哭，先别让你妈知道。"

可我怎么能忍得住，只好说太冷了，买条围巾去。

祁明也跟着出来了，他的眼圈也红了。

我们在商场给妈妈买了漂亮的红帽子和围巾。那是她喜欢的颜色。

我一直问祁明，眼睛还红不红，不红才敢回饭店。我开开心心地给妈戴上帽子。

我爸说好年轻啊。

真的好年轻啊。才50多岁，怎么突然就得了无药可医的绝症。回酒店的路上，我努力让自己坚强起来。因为从这一天起，我就要和妈妈一起对抗癌症。我不能比我妈先垮了。

然而上海的专家也表示无能为力。

妈妈根本不知道严重性，还轻松地说，挺好，不用做手术了。

我笑了笑，心里却痛得喘不过气。回程的路上，一直问自己，是不是我太任性，才把妈妈气病的。如果我一直做个听话的女儿，她是不是就不会得这样可怕的癌症。

祁明安慰我，天无绝人之路，一定会找出办法的。

他到处托关系想办法，我妈没白疼他吧。

那时候，是陪妈妈抗癌的第一个阶段，我们所有人的心里都还满怀着希望。我总觉得妈妈善良了一辈子，老天不会这么不公平。而那时，我妈也确实看不出有什么病的样子。回到昆明，我辞了职，祁明请了长假。我们每天早上陪她一起跑步，下午熬好中药，给她吃。仿佛一切都好。

妈妈嫌药苦，但会乖乖喝下去。想起小时候，她给我磨药粉，装胶囊的样子。顷刻体会到了，什么叫"子欲养而亲不待"。

儿女的成长，总要以父母的老去做代价，熬尽岁月，却剩不下多少时光了。

4月2日，和妈妈一起洗澡。擦身子的时候，她看着镜子问，我的眼球是不是有些泛黄了？

看起来好像真的是有点黄疸了。

我刚调整好的心态，轰然崩塌。我好害怕啊，害怕死神一点一点逼近的脚步。那时妈妈已经开始感到痛了，也跑不动了。饭量减得只剩一点点，很努力也吃不下什么。

不知不觉，我迈进了第二个阶段，和祁明一起疯狂寻找各种治疗癌症的办法。我和祁明查阅了许多资料，联系有名的大医院。后来，祁明托朋友联系到了北京一所医院的专家。我在心里，死守着这一线希望。

4月上旬，我们一家四口飞去北京，租了个两室一厅，做好了长期作战的准备。满怀憧憬，却被医生告知，我们研究的那些方法根本不切实际。

不想和他争，只有绝望。

回了公寓，不能说实话，却找不出敷衍的理由。

后来，妈妈说饿了，我给她煮了碗鸡蛋面。她一边吃，一边说我，面煮得太软了，应该过遍冷水的，汤里再放点葱花就更好了。这么大了，面也不会煮。

我没说话，在心里默默地想，妈妈，多数落我一会儿吧。不知道这些，我还能听多久。多希望，你能一辈子在我耳边这样絮絮叨叨下去啊。可是我知道，那真的只是一个美丽的希望了。

我妈签了遗嘱，把名下所有财产都转给了我。

从北京出来，我们又带着妈妈去了山东。公婆帮忙联系了那边一位很厉害的专家，但心里的期盼越来越渺茫。白天在一起的时候，大家都还有说有笑，谁也不去碰触那根脆弱的弦。可到了晚上关起门，我就抱着祁明哭。我想，我妈大概也是每天关起门和我爸哭吧。我和她都不想把这份绝望传递给对方。

面对医生一次次的宣判，我开始走进了第三个阶段。我认命了。

即便心中有一万个不愿意，也终是接受了妈妈治不好这个事实。我必须学会放下，让她没有遗憾地离开。

最后的日子是在云南度过的。我和爸爸本来想送她进临终关怀医院的，可妈妈比我们想象的坚强得多，始终有着强烈的求生欲。

我们终是送她去了大医院，为活着，做最后的努力。

我人生第一次，去墓园挑了墓地。思考着我妈会喜欢的位置和式样。死亡那么近，我却不想哭了。因为妈妈那么乐观，我要陪着她。

其实，我很怕医院的，从小就怕。但自从我妈病了，再无所惧。每天我都去看她，能走，就走一走；不能走，就说说话。说说我的未来，也说说我们的过去。

有一次说起小时候，我问我妈，你怎么不教我怎么美呢？连婆婆都说你没把我当姑娘养。

我妈笑了，说："谁没当你是姑娘啊？我是不想你当普通的姑娘。比起怎么美，我想你更勇敢一点，更坚强一点，就算长大嫁人，也不要做一个围着灶台转的女人。不要像我，那么多的知识都白学了，没有用武之地。"

瞬间红了眼眶，原来从小她就对我抱有这么大的期望，想我做个世间特别的女孩。

我拉着她的手说："妈妈，你放心吧。"

她摸了摸我的头发，说不出话。

5月2日，医院下了病危通知。我和爸爸义无反顾地选择把她送进ICU（重病加强护理病房）。我知道，她是想我坚持治疗的。哪怕是最后的一丝挣扎，我都要想尽一切办法救她回来。

晚上，我妈睁开了眼睛。我在ICU外面见到她。她说她好多了，会加油的。

我们仿佛在经历一场战斗。可是，终究还是败了。病痛之下，最难挨的不是死亡而是折磨。

妈妈强撑了20多天，终是放弃了。5月27日凌晨，她拉着我的手说："我不想治了，理解妈妈好吗？"

我抱着她号啕大哭。

这些天，我和祁明还有爸爸又何尝不是在受煎熬。那些冰冷的管子插在她身体上，让我无比心痛。

其实，我一直想说，妈妈，我不想让那些东西扎你了。我想带你回家。你每一声痛苦的呻吟，都生生戳在我身上。

我好想你能永远陪着我，可是对不起，妈妈，我留不住你了。

我妈是6月4日走的。

前一晚，祁明和我一起陪在医院。我是凌晨两点半睡的，祁明是四点半。七点半，祁明去上班，他说："妈，我下班就来陪你。"我妈挤出一丝笑容，说："好。"可是九点半，我妈走了。祁明赶回医院，跪在我妈的病床前，一个大男人哭得撕心裂肺。

我妈的葬礼，来了许多人。我和祁明跪在那里，感谢亲朋好友来看她。我爸一下老了好多，默默擦着眼泪。我抱着妈妈的遗像，陪她走过了最后一段天堂路。

她是上天堂了吧。一缕青烟，扶摇直上。一捧余灰，满世遗香。家里的哥哥弟弟，表的，堂的，十二个人给她跪灵，为她哭泣为她送行。因为每个人都在她生前被她照顾过。来昆明读书的，上班的，都是我妈去接，收拾房间，照料生活。甚至他们结婚，都有我妈帮忙，嫂子弟媳都敬爱她。

出殡那天，嫂子发了条朋友圈：你对人好的样子，又温暖，又自然。在我心里，你是珍贵朋友一样的存在，愿你在另一个世界安好快乐。

我看到后不敢和别人提起这些，一下子哭了。是啊，我妈终是去了另一个世界，但她留下了许多美好给我们。

她种下的芒果树结出了果实，粉色的蔷薇开了一墙，院子里的绿植长得正旺……大家也都记得她的好，她的暖。

妈妈，天堂里没有疼痛了，你要好好的啊。

岁月深处的守望者

周海平遇见许文慧，还是春风吹遍神州大地的 20世纪 80 年代。

周海平是渔民的儿子，生在北方的一座海滨小城。海滩的阳光与风，给了他黝黑的皮肤和调皮捣蛋的性格。他读书晚，一直是班里年纪最大的学生。许文慧比他小 3 岁，是班主任厚爱的学习委员。

他们是初中同学，老师分配他俩做同桌。周海平很多年后都一直记得，许文慧坐过来时，对他轻轻一笑，温柔、漂亮，像刚刚息影的山口百惠。于是称霸海滩许多年的混世小魔王，就此缴了枪。

周海平家里条件不好，学校照顾他，让他到食堂打工。大厨看他勤快，干活利落，每天都会给他两根金黄酥香的大油条。周海平总是带着油条跑回教室，分一根给许文慧。他给的理由也很充分，说是为了感谢学习委员借给他作业抄。

而许文慧可是有责任心的班干部，不只借他抄，还要给他补。那真是美好又单纯的年代，两根油条就建立起了牢靠的革命友情。对周海平来说，许文慧就像春风一样温暖。而每天给自己送油条的周海平，也在许文慧的心里悄悄开出了细小而灿烂的花。

好像不论哪个年代，有些爱情真理都是相通的。譬如男孩子总是因为心爱的女孩"进化"成另外一个人。谁也没有想到，周海平从全班倒数第一，一路进阶。毕业那年，竟然和许文慧一起考进了省重点高中，然后又一起考到同一所大学的建筑系，并且同班。

那时的大学生都是"天之骄子"。特别是他俩去的那所老牌名校，全市也只有两个名额。

开学后不久，班上同学结伴出去玩。大家一路上扛着时髦的立体声录音机，放着流行的迪斯科。周海平号称自己是"神算子"，会看手相，还声称只看男不看女。

有女生抗议，"为什么呀？"周海平摇头晃脑地说："我只给未来的媳妇看。"然后拉住许文慧的手说："来，我给你看看。"

那是周海平第一次牵许文慧的手。两个人的脸颊在男生的一片怪叫声中一瞬红透。

许文慧出身书香门第，父母都是大学教授。他们好像来自两个世界。很多人不明白许文慧为什么会看上周海平。从家世到相貌完全不对等。其实，许文慧也说不上来。他们从初中相伴到大学，她喜欢周海平那双会笑的眼睛，弯弯的，给她一种敞亮的快乐。

那时已经迈进蓬勃的 20 世纪 90 年代，"市场经济""下海"是电视里最常说的热门词。即便身处校园，也依然受到金钱的挤对。

周海平家里穷，能读大学已经很不容易。为了减轻父母的负担，每天清晨 4 点，周海平都会骑着三轮车，跑遍大街小巷去送牛奶。然后再回学校上课。

尽管那时 5 块钱能打一大份排骨，但周海平依旧只买食堂最便宜的素菜，配一碗免费汤。

许文慧实在看不下去了，买了 10 个肉包子放在周海平面前。她知道男生好面子，所以先放下了话。她说："你今天多说一个字，我以后就不理你。"

周海平也没客气，拿起来就吃。只是吃着，吃着，眼泪就下来了。他默默发誓，这辈子一定要混得出人头地，给这个叫许文慧的女孩幸福。

到了假期，周海平总是去批发市场批些小商品回来摆地摊。北方的冬天，寒风刺骨。可许文慧从不缺席，她陪着他吆喝，和别人抢地盘时一点也不柔弱。她是从小娇生惯养的小公主，为了心爱的男生，就什么苦都能吃了。

都说那个年代的人不懂浪漫，但实际上，相守与陪伴就是爱情最本真最美好的样子。

临近毕业的那一年，许文慧生日。周海平带许文慧出去吃饭。他阔气地点了好几道荤菜，然后还拿出一枚银戒指，说："生日快乐！"

许文慧一下愣住了。她说："你和我说实话，到底哪来的钱？要不然我不会要。"

周海平看她坚持，才轻描淡写地说，也没什么，就是卖了 400cc 血。

许文慧看着他嘴唇泛着淡淡的白，眼泪哗地一下涌出来。她说："你傻啊。"

周海平说："咱俩马上就要毕业了。学生时代，我总要送你个礼物。我这么穷，谢谢你还愿意和我在一起。"

许文慧哭得更凶了。她说："我以后都不过生日了。不过了。"

后来许文慧有了很多首饰，但那枚戒指一直被她珍藏着，成为最贵重的那一枚。

大学毕业，周海平回去做了大学生村官。而许文慧受父母的影响，去大学做了老师。两个人的生活渐渐走上正轨。

1993 年，周海平和许文慧办了婚礼。没有彩礼，没有婚戒，只有简单但热闹的一顿饭。

有时回望过去，真不知哪里来的勇气去结婚。周海平那么穷，许文慧家的那些亲戚都觉得她嫁给他，太下嫁了。只有许文慧的父母，在见过周海平后，说的是，这小子行。

这句话，周海平记了一辈子。

两年后，许文慧生下了一个漂亮的女儿。周海平视为珍宝。

那时候，周海平的事业也是顺风顺水。他为人仗义，心里藏着热血。村里上上下下都对他十分服气。省里的领导下来视察，还特别接见了他。

周海平常常感慨，那是他前半生最辉煌的一年。然而时间转进 1998 年的时候，他的人生急转直下。

这一年，村里的一个小企业急需资金周转。周海平那时还没有太强的法律意识。他热心地想要帮忙，就从村里拨了 20 万元给他。结果，企业并没有渡过难关。周海平因此受到了连累，最终因挪用公款入了刑。

20 世纪 90 年代，坐牢是件很丢人的事。尤其许文慧，一直活在象牙塔里，心里高傲纯白。朋友都劝她赶快离婚，说周海平出来也没前途了，何必还等他。可许文慧淡然而坚定地说，他的前途就是我的前途，我俩是一体的。

在她眼里，爱不只是男人的承诺，也是女人的责任。

她毅然把房子卖了，带着孩子搬去了娘家，然后又向亲朋好友借了一些钱，帮周海平填补了亏空。周海平因此被轻判到一年九个月。

许文慧去狱里探望时，周海平说："你想离就离吧，债算我的。"

许文慧说："这些话说一次就够了，以后你再说，我就要失望了。"

周海平点了点头，默默湿了眼眶。

周海平刑满释放，已经是 21 世纪了。中国像一个巨大的工地，四处都在拆旧建新。周海平走不了仕途，决定下海经商。

大学他学的建筑，于是借钱开了建筑公司。许文慧辞去大学稳定的工作，过来帮他。周海平除了紧紧抱住这个女人，不知道怎么表达对她的感激。

公司刚起步，他们每天都泡在工地。许文慧画图，周海平监督施工。不管多苦多难，都相扶相持。冬天的时候，娇弱的许文慧冻得满手满脚长冻疮。可她还是一笔一笔地坚持绘图。晚上，周海平给她擦药，嘴笨的他只能暗暗心疼。

2001 年，周海平终于赚到第一桶金。他这个人，心里对戒指一直有执念。结婚的时候，没能力给许文慧穿金戴银。现在他要补回来。拿到回款那天，他嫌小城里的戒指款式不好看，一个人坐车偷偷去大城市挑钻戒。没想到挑着挑着就挑成了一整套。刚收的款全都花光，只剩回家的车票钱，连一碗牛肉面都吃不上了。最要命的是，到了车站，车票钱还被偷了。

没办法，周海平只能求路过的大货车带他一段，将他放在离家最近的服务区。那时已近傍晚，天快黑了。周海平怀里揣着一整套闪闪发亮的钻石，跑了50多公里才回到家。

许文慧在家里等得都要报警了，见到周海平，生气地问："你去哪儿了？"

周海平喜滋滋地掏出钻石，说了自己的历险记。

许文慧说："傻瓜，你不知道给我打个电话，让我骑车去接你啊。"

周海平却乐呵呵地说："告诉你了还能叫惊喜吗？快戴上看看。我老婆也是有钻石的人了。"

这次轮到许文慧红了眼睛。

2003年，有了一点存款的周海平想买房了。他们挑中了一套，先交了定金。当时刚好接洽到一个葫芦岛的大项目。前前后后跑了半年，图纸反反复复画了5次。甲方代表表现出很大兴趣，可也始终没松口。后来他说，你先把好处费给了，工程就签。

周海平和许文慧商量了一晚上，决定把买房的定金拿出来交好处费。然而，钱交了，项目却给了别人。

周海平永远都忘不了那一天，他和许文慧在葫芦岛的小旅馆里抱头痛哭。

太委屈了。半年奔波，两年的积蓄就这样白白打了水漂。而他们一直期望的家又没有了。然而哭过之后，还是要擦干眼泪，继续前行。

生活就是这样吧。起起落落，沉沉浮浮。只能把每一个低谷，都当作巅峰的起点。

好在 2005 年以后，一切开始顺风顺水。周海平的公司拿到了一级资质，从此涉及旅游、餐饮、酒店，各个行业。他开始成为一个成功的商人。曾经吃过的苦，终于一一绽放，开出了花。

不过周海平，并没有因名利而自满，反而感到自己知识的不足，于是回母校读了研。而许文慧退出公司去了设计院。她觉得，自己变得更优秀才能和周海平并驾齐驱。

那几年，周海平先后开了十几家公司。但家里所有的固定资产，都在许文慧名下。

现在，轮到有人说他傻了。赚了那么多，为什么都上交给老婆。

周海平只有一句，没有许文慧，就不会有现在的周海平。

是啊，曾经海边那个作天作地的混世小魔王，只因遇到一场爱情，才有了今天的一切。

时间如流水。一晃眼，他们结婚已经 27 年。从豆蔻年华走到知天命之年，许文慧为周海平付出的点点滴滴，每一样，他都记得。

在南大读完研究生的女儿，目前正在申请读博。许文慧早就已经从台前转到了幕后。周海平的工作越来越忙，再没时间和精力读书。许文慧每周会读两本书，然后再把书的内容讲给周海平听。然后一起讨论，一起分析。这些年，许文慧陆陆续续讲了 600 多本书，而周海平认认真真地听了 600 多本书。

许文慧说好的婚姻，一定是旗鼓相当，势均力敌。她从没放任自己成为一个家庭主妇，亦不能放任周海平，成为一个庸俗的商人。他们始终站在同一个基准线上，成就了完美而长久的婚姻。

周海平在海南的五指山下买了房子，每到冬天来临就会带着许文慧飞过去。那里很小，连出租车都没有。他们每天骑着电动车去买菜，散步。不管生意多忙，冬天最冷的两个月，周海平一定什么都不管，只陪许文慧。因为他忘不了那个寒风里，陪他摆地摊的女孩；忘不了那个工房里满手冻疮，仍然坚持绘图纸的女人。

他知道她怕冷，他不忍再让她受冻。她把最美的前半生都交给了他，他必须还给她最温暖的后半生。

2020 年年初，女儿因为颈椎不舒服不能开车，周海平把自己的司机让给女儿送她去医院，然后自己开车回家。

那天他刚开完会，有些疲劳，一不小心出了车祸。奥迪 A8 当场报废，全部气囊都弹了出来。女儿去交警队接他回的家。女儿一直问他有没有事。

周海平说："没事，就是碰了下腰。"

女儿说："明天还是让司机去接我妈吧，你别去了。"

那时疫情刚起，许文慧到哈尔滨出差。周海平不放心她坐火车、飞机回来，执意要开车去接她。

女儿劝了半天也没用，第二天一早，周海平就偷偷出发了。一路开了十几个小时，把许文慧接了回来。

许文慧是从女儿嘴里知道周海平出车祸的，吓得快哭了，忙催他去医院做检查。

而周海平去医院拍完 CT 才知道，他的腰部掉了一小块骨头，不能久坐，更不能开车。医生都不知道是什么支撑他开了那么长时间的车。

只有周海平心里清楚，是因为对许文慧的爱和牵挂。

掉一块骨头又能怎样？这个世界，什么都可以少什么都可以丢，唯独不能少了许文慧。

那天，周海平和许文慧坐在医院的走廊里等着女儿去拿药。淡淡的阳光，穿窗而入，在地上泛起潋滟的光。

许文慧说："你傻不傻，一把老骨头了，还拼什么命。"

周海平没说话，只是看着她嘿嘿地笑了。就像许多年前，揣着钻石跑了 50 多公里路回来的他；就像许多年前，卖血捧着银戒指的他；就像许多年前，拿着油条收买她的他。

原来时光只是做旧了他爱笑的眉眼，而他的心里，依然是那个爱她如初的少年。

作为一个成功的有钱的商人，周海平身边其实不乏各种女人的诱惑。但他从来都是保持礼貌的合适的距离。

周海平对许文慧说过一句话，诱惑三千又如何，我负天下也不会负你。

他说到，也做到了。

青春里无法返程的旅程

我叫何菲，他叫秦思远。这是我和秦思远认识的第 17 年。我一直知道，秦思远对我很重要。但不知道的是，会重要到算命大师说，他是我的良配。

岁月悠长，不如从头说起吧。17 年前的 2004 年，秦思远 14 岁。我比他大两岁，他上初二时，我上高一。

知道秦思远，是因为我们班班长疯狂迷恋他的颜值，把喜欢小学弟这件事弄到尽人皆知。她为他建了个专属贴吧。

嘿，贴吧，多么暴露年龄的物件。班长建完贴吧，才知道秦思远的人气有多高。盖楼盖到几百层之外，姑娘们争先恐后地表白。尽管男主始终没有出现过，但并不妨碍江湖有他的传说。

那时的我，清心寡欲，对帅哥不感兴趣。但江湖传闻听多了，难免就引发了好奇心。第一次见到秦思远那天，是个冬日，有阳光温温柔柔地洒下来。

班长指着远处的背影，兴奋地说，就是他就是他。我顺着她的手指看过去，映入眼帘的是篮球场上的拉风少年。

他长得高高瘦瘦，很清秀。穿蓝白色校服，深蓝色牛仔裤和篮球鞋。厚厚的头发被阳光折射出好看的光泽，像一株挺拔的小白杨。很多很多年后，这个画面，仍然清晰如昨。

某种意义上来说，秦思远这样的男生，是很多姑娘的青春吧。那时的我，怎么会想到，我和他会有故事呢。

再见到秦思远，是不久后的上学路上。我远远看见他，于是使劲蹬了几下我的自行车从他身边经过。看着他一脸蒙的样子，我得意地笑了。近距离看他，棱角分明的脸，单眼皮，丹凤眼，笑起来有虎牙，微微有点羞涩。

当然，以上这些在秦思远的记忆里，是查无此段的状态。

我不怪他，毕竟他是风云人物呀。

为了帮班长追他，我和闺蜜绞尽脑汁地在情书上出谋划策。而我还特意要到了秦思远的 QQ 号，想方设法地帮班长打探底细。

然而半年后，班长竟然移情别恋了。我和闺蜜哭笑不得，骂班长花心。班长痛心疾首地说："哎，秦思远这种生物，只适合远观啊。"

这倒是实话。追他的人排着队，但没见过他有女朋友呀。秦思远初三毕业后，去了另一所高中。江湖上还有他的传说，也只是传说而已。

但有时我还挺相信缘分的。如果不是有缘，4年后的2008年，那个夏天的午后，他怎么就机缘巧合地推开了那家咖啡馆的门。而我又那么机缘巧合地在那家咖啡馆做兼职呢。

是的，在秦思远那儿，我和他的第一次见面，发生在2008年。

这一年，我大二，秦思远高中毕业。他家条件不错，准备让他考雅思出国。暑假，我在咖啡馆打工，他推开门时，我有刹那间的恍惚。少年迎着光走来，我的心不知怎么乱了节奏。他朝我笑，礼貌地要了一杯卡布奇诺。对他来说，我还是个陌生人，并不知道我是搭讪过他的学姐。

当秦思远第五次出现在咖啡馆时，我终于忍不住在QQ上和他打了招呼。俩人都挺贫，那晚竟然聊至天亮。聊得多了，有点臭味相投的意思。我们开始约着一起玩。

2008 年，北京奥运会，他说："去看火炬传递吧。"

我说："好啊，下一次还不知道什么时候呢。"

后来我根本不记得有没有看过火炬，只记得民园旁的麦当劳，以及我身边的美少年。

而这一年的圣诞节，秦思远拉着我和他的哥们一起过节。

滨江道上都是情侣。秦思远在公交站等我。他穿黑色大衣，我穿白色羽绒服，一黑一白走在热闹的街头，仿佛被人群逼成了情侣。

有些情绪在两人之间浮动。我知道自己喜欢上他了。是那种一想到他的名字，心里动辄海啸山崩的喜欢；是那种 20 岁年纪，真心实意的喜欢；是那种可以很久很久、漫山遍野的喜欢。

时间拉到 2009 年。必须记录那次蓟州的穷游，因为无论多少年后，一直在我的记忆里闪闪发光。无非是因为一起同行的人里，有秦思远。有他在，空气里都是棉花糖的香甜。而比棉花糖更香甜的是，我的喜欢，是有回应的。

闺蜜说："整个旅途中，秦思远的眼睛就没离开过你。"

我知道的，被人喜欢是能觉察到的。那样灼热赤诚的目光，仿佛时刻在护我周全。

我记得去爬九龙山时，下着小雨。山路很滑，就在快要摔倒时，秦思远一把抱住了我，而他自己直接栽倒在石头上。那个瞬间，足以载入我人生中最想记住的高光时刻。

心疼，又心动。

秦思远是喜欢我的吧？似乎只差一个表白来捅破那层窗户纸了。可是冷静下来后，我却心有退缩。

秦思远比我小两岁，他马上要出国，我信不过年龄，也信不过距离。我下意识地远离他。不接他的电话，不回他的信息。

众星捧月般的秦思远，有点沮丧，也有点恼火。然后将我堵在学校门口说，我从来没追过女孩子，也不知道应该怎么追。我只知道很喜欢和你在一起，所以我们能在一起吗？

就在那天，我买彩票中了5块钱。我的运气一贯不好，所以我用这5块钱说服自己，无论如何，试一试。

那是2009年，认识秦思远的第6年，我成了他的女朋友。

班长知道后，大喊，天啊天啊，你确定吗？赶紧说说，和这种生物谈恋爱是什么感觉。天啊天啊我要哭了。

我被班长弄得哭笑不得。能和秦思远谈恋爱，确实是这个世间最美好的事情之一吧。他像茶香一样，温和美好得恰到好处。

有段时间我疯狂长痘。我那么爱美，真的不想让秦思远看到变丑的自己。

可秦思远不以为意，他说来学校找我，我说你过两天再来，我不方便见人。

秦思远没再坚持。可是一小时后，他站在楼下，我只好顶着额头上的大痘痘去见他。

我心里不开心，朝他发了火，可他却那么温柔地抱着我说，我就是想你，想见你，长痘不是很正常的事嘛，根本就是瑕不掩瑜好吗。你怎么样都好看。

情话真好听啊，恋爱也真甜。可是没多久，就分别在即。

秦思远考上墨尔本的大学，他要出国了。那天下午，我俩你送我我送你，你再送我我再送你。我抱着他哭得肝肠寸断，他也哭得停不下来。

秦思远走后，有次聚会我遇到他哥们。他哥们说，秦思远走之前和他喝酒，喝多了后说，我是奔着和小菲结婚去的，她就是我想要的那个人。

那是 2009 年，秦思远 19 岁，我也就 21 岁。在那个年纪谈一生，真的有点太遥远了。

异国恋真的挺难的。那时我大四，面临实习和毕业的迷茫。秦思远刚去澳大利亚，要适应新环境，难免就有了分歧，有了争吵。

尽管我比他大两岁，但任性闹分手的人是我，心里没有安全感的人也是我。

我说分手，秦思远会等我冷静了气消了，再把他收回去。

好像只要我回头，就一定能看到他。

2010 年 4 月，秦思远回国。他戴了副金丝眼镜，风度翩翩般好看。这次我们仍然吵架了。

他说："我是为了见你才回来的，我很想你。"

我说："你是个骗子，想我的话怎么过了两天才来见我。"

他说："家里临时有点事，出不来，我跟你解释过的。何菲，我真的很想你。"

我发了脾气，其实我不想发脾气的，我只是很想他，想早点见到他，但我就是不会正确地表达。有多少姑娘和我一样，在那个不知道怎么爱一个人的年纪，像只敏感的小兽，张牙舞爪地伤害对方，但又无比脆弱。

其实心里很爱很爱他啊，可巨大的不安全感扑面而来的时候，用错了方法。

这一年的 5 月，秦思远花费了好长时间，把我和他认识以来的点滴做成了一个网页。他说："等我回来，娶你做秦太太。"

我哭花了妆。我何尝不是奔着和他结婚去的啊。

然而再回到异国恋，又恢复了分手和好、和好分手的模式。任何一句话，好像都能引发争吵。我很想他，但说出来的时候，总是唱反调。

我比秦思远大两岁，已经工作，而他还在读大学，还在国外。什么时候回来也未知，想起这些，我会莫名的焦虑。加上家里开始催着相亲，我时常有种无力感。

我需要一颗定心丸。于是我和他说："要不下次你回来的时候，咱俩见下家长吧。"我想要这种诚意。

然而他有他的顾虑。他的爸爸挺难说话的。他怕就这样去见了反而弄僵了。

那个节骨眼上，那样的情绪里，我接受不了这样的顾虑。

我说了分手，不是赌气，而是认真的，害怕没有未来。其实刚说完，就后悔了。我根本就放不下他呀。然而那时年轻，脸皮薄，不好意思去反悔。我在等着他，会不会哪天突然出现在我家门口，死皮赖脸地去拜见我的父母。

可我却忘了，他也一样年轻一样脸皮薄。事实就是，我和秦思远，我俩真的闹掰了。也许不只是年轻脸皮薄，而是我俩对于这段感情，都有点力不从心，有点焦头烂额了。真正失去一个人，是悄无声息的。没了争吵，没了挽留，也没了期待。

2011年9月，如我妈所愿，我认识了许航。他比我大3岁，工作稳定，家境小康，人人都说我俩是天生一对。我那颗世俗的心，就这样定了下来。

谈世俗的恋爱，结世俗的婚，平淡过一生，即幸福。

以为也就这样了。秦思远，只是青春里的一场梦，此生再也不会见。

然而 2012 年情人节，秦思远回来了。

他知道我有了男朋友，不好来见我。于是开车等在我的公司楼下，远远地看了我一眼，就走了。

当然，这些我是听他的哥们说的。

秦思远给我买了蒂芙尼的戒指，拜托他的哥们拿给我。这枚戒指是他之前给我挑的生日礼物，还没来得及送给我，我俩就分手了。

他的哥们说，秦思远喝醉了，叫着你的名字，你俩怎么就这么经不起折腾呢。

我的眼泪瞬间决堤，心脏抽筋一样地疼。那几天，我一直在做内心斗争。我要不要和许航分手，重新去找秦思远。

闺蜜说："去吧，要不然这辈子怎么甘心。"

你相信缘分吗？我信啊。就是在那天，在我约着闺蜜见面吃饭那天，我在商场的大堂，突然就见到了秦思远。我错愕，震惊，不知所措。

秦思远旁边的哥们，开始起哄，说："你俩是商量好的吧！"

我能听到自己的心跳声，我说："你回来了。"

他说："回来了。"

我说："你来唱歌？"

他说："去吃海底捞。"

然后他还想说什么的时候，电梯来了。

我们一群人进了电梯，他去的是 3 楼，我和闺蜜去的是 9 楼。

秦思远下了电梯后，站在门口没动，一直看着我。我盯着他，直到电梯门彻底关上。时光仿佛静止，那个画面，唯美得像韩剧。

电梯到了 9 楼，闺蜜看着泪流满面的我，没让我出电梯，直接摁了 3 楼。

是的，我的闺蜜特别霸气地带着我，去了海底捞。

海底捞永远很热闹。热闹的人群里，秦思远的背影看起来是那样孤独。闺蜜拉着我，站到他面前说："我把她交给你了。你俩不要相互折磨了。"

秦思远的哥们在旁边说："我连你俩结婚的红包都准备好了。"我哭得稀里哗啦，而秦思远一把抱住了我。

他说："跟我回家见我妈吧，就现在可以吗？"

后来的故事其实有点俗气。你就尽情跟着我一起发挥想象，能有多俗气，就多俗气。能有多幸福，就多幸福吧。

是在 2014 年，我嫁给了秦思远。

婚礼现场，班长也来了。她一上来就说，怎么让你搞到手了？

　　所有人都爆笑。

　　是啊，怎么就搞到手了呢。还结婚有了娃。是个小男孩。因为我喜欢吃西瓜，秦思远爱吃黄瓜，所以我们给儿子取名，瓜子。一家三口，幸福得有点不真实。

　　我和秦思远的日常，是不停地斗嘴，其乐无穷。因为每天醒来都能看到他，我的心很安稳。

　　可是有天我做了个梦，梦见秦思远并没有回国，我俩也并没有结婚。

　　醒来后，我的枕头湿了大半。

　　秦思远看到了，撇嘴说："啧啧，这么大人了，睡觉还流口水。"

　　我一把抱住他，说："你当年真的为我回来了吗，为什么我梦到你没有回来？"

　　秦思远摸了摸我的头说："你最近看什么电视剧了？"

　　我回："《琉璃》。"

　　他说："不许看了，中毒不轻。"

　　然后起身出了卧室，我喊他，"喂喂喂，你干吗去啊？"

　　他说："我去看看瓜子醒没，给他冲点奶粉。"

　　我笑着说："去吧去吧……"

　　然后笑出了声。

等我再睁开眼时，听到许航说："笑什么呢，赶紧起床，要迟到了。"

是的，许航才是我真正的老公，我是许太太。从电梯到了9楼那儿开始，纯属是做编剧的闺蜜，给我和秦思远设计的另一个版本。

有血有肉，有真实画面。然而真实情况是，那天我在9楼，他在3楼，闺蜜拉着我去找他，我退缩了。

我已经有了未婚夫，悔婚不只是对不起许航，还要牵扯到两个家庭。我的理智说服了我内心的冲动。

后来无数个午夜梦回，我想到这个转折点，我多希望自己当时能任性一点，做出不一样的选择。

如果这个世界上真的有平行时空，我想在那里，闺蜜假设的那些，可能真的就是我和秦思远的日常生活吧。然而也只是如果。

我和许航过得不幸福，这个男人比我大，但他能任性到什么地步呢。在我怀孕3个月时，他突然说不想要孩子了。因为他想换辆车，他觉得养孩子浪费钱。如果我坚持生，他就和我离婚。

闺蜜说："早知道我那天拖也要把你拖到3楼。"

我苦笑，摇头，知道有些事无力改变。

闺蜜给我推荐了个算命大师，大师说，秦思远才是我的良配。

那一刻我问自己，是因为我过得不好，所以才会怀念青春吗？答案是否定的吧。认真算起来，我和秦思远在一起的时间并不长，可他对我来说，挺重要。

他成了我的朱砂痣，成了我的白月光。有些人说不清哪里好，但就是谁也替代不了。

其实我和自己和解了。命运的齿轮一旦转轨，就不会有重新来过的机会。我既然选了就不稀罕后悔。但我必须承认，错过秦思远，是我这辈子最遗憾的事。

此后，光风霁月，一路繁花，再也没有他。

谁不是第一次做人

愿你想要的，都在你身边

方镜远是博士生导师帮我引荐的师兄。

那是 2011 年，我 34 岁。而方镜远比我大 3 岁，是一家大型国企的部门领导。

我们约在春天的午后见面。春天真好啊，万物皆甜，有微风拂面的温柔。一切美好的事物，都应该发生在春天。

我和方镜远看到对方的第一眼，几乎异口同声地说："怎么会是你呀。"

不知道是南京太小，还是缘分太奇妙。5 年前的 2006 年，我和方镜远就已经认识了。而 5 年后的方镜远，被时光又镀了一层金。身居要职，气定神闲，是大多数女人会心动的成功人士。

我们的故事在春天开始了。而我在这个年纪遇见他，注定已经是一个有故事的女同学。

那个叫朱东明的男人，无论我想怎么轻描淡写，也不可能在我的人生里轻轻抹去。毕竟那是我 17 岁就开始喜欢的男生。

我叫沈雨棠，1977 年出生在南京，是家里的长女。父亲在大学任教，母亲在同一所学校里做会计。从小家风严谨，把我养成了中规中矩的女孩。发不过肩，笑不露齿，衣服不能紧不能露，还要够长。

我从小就不觉得自己美。可是很意外的，高中班里搞评选，我以高票当选最有气质的女生。

我觉得受之有愧。可朱东明说："你的气质很独特知道吗？和别的女生不一样。"

我自嘲，不漂亮才会有人夸你气质好。

朱东明一本正经地反驳："我没说假话，你是真好看。"

朱东明是班长，老家在县城，凭着优异的成绩，考进省重点。据他说，他从入学开始就关注我了，总是有意无意地制造机会接近我。值日，会安排自己和我一个小组。排座位，会把我俩排在前后排。

那时候，我偏科偏得厉害。文科成绩非常亮眼，理科成绩却很不好看。朱东明就以班长之名为我补课。

他学习没有短板，是全方位的好，为人仔细，又有一点小轻狂。唯一的不足就是个子矮吧。记得高三快结束时，也还只有一米六五，和我一样高。

不过，智慧是男生最好的滤镜。特别是在我的少女时代，从小就被教育要注重内在美。

高二文理分班后，我俩就不在一个班了。朱东明偶尔会写一封情书，路过我的教室时飞快地塞给我。他和朋友开玩笑时，喜欢高喊一声"那是我老婆"。

我听见会脸红。我讨厌他这么称呼我，有点太过嚣张。但心里又隐藏着一份期许，好像是某种既定的未来。

1996年，高考。我去了上海的华东师大，而朱东明去了人大。开学前的暑假，朱东明才正式和我表明了心意。

他说："马上大学了，可以恋爱了。你能做我女朋友吗？"

没有花，没有礼物。那时的爱情，多是心灵的契约。

我们做了一个简单的约定。大学不可打牌，不可跳舞。两个人要专心学业，静待相见之时。

现在的孩子可能很难理解吧。可没有网络的年代，爱情相对简单纯粹。斩断社交，就能保护爱情的纯度。

我们每周都会写信，有日常，有相思。情话一笔一画落在纸上，才是真的甜到了心尖上。

大二假期，朱东明拜访了我的父母。

其实，我爸妈是有些不满意的。毕竟还年轻，眼界未开，不想过早定下未来。还有朱东明的个头，也确实矮了点。我俩的身高都定格在了一米六五。但我父母都是有涵养的人。虽然和我说了心中的顾虑，但也听出了我的坚持，没有过多干涉。

当然，也因为朱东明对我是真的好。温柔体贴，无微不至，都是肉眼可见的。

就这样，我和朱东明走过了4年，来到了千禧之交。我毕业回南京考进一所高校工作，待遇不错。可朱东明事业上就要差一些了。

有时就是这样，学校里顺风顺水的优等生，走上社会总是屡屡碰壁。心高气傲难免会有些眼高手低。

他先进了一家不大的公司，感觉没有发展，又辞职出来，准备考研。我一直都无条件地支持他。我们领了证，方便住到一起。我照顾着朱东明的起居，让他专心备考。

可上过班的人，心就静不下来了。一年后，考研失败。后来，在我的鼓励下，朱东明又向一家想都不敢想的外企投了简历，没想到成功了。

那已经是2003年，我们的生活，终于踏上了正轨。

说心里话，朱东明不论是从个人条件，到家庭背景，都与我有一定的差距。可对于我们这一代人来说，婚姻的本质，还是感情。觉得两人相爱，才可以走完一生。

而且家境的优越，让我也不太在意物质的高低。

我的一个闺蜜看见朱东明日常对我的关心，羡慕地说，看来找个家庭条件差点的也没什么不好，他肯定天天宠着你啊。

我当时觉得很幸运，茫茫人海，多少人有缘无分。而我却早早找到了良人，握住了幸福。

婚后，我一直没要孩子。不是我不想，而是朱东明不愿意。还好朱东明有个哥哥，没有传宗接代的压力。

朱东明说："他还没有准备好。"可我知道，他是怕麻烦。那时正值他事业上升期，不想分神。我只能体谅他。

到了 2004 年，我刚好有一个去英国读硕的机会。当初我全力支持朱东明考研，所以这次朱东明也毅然支持了我。我们约好，等我稳定了，朱东明以陪读身份过去。然而，我去了英国后，朱东明的职位越爬越高。他不想离开国内，到外面从零开始。

许多年后，回想起来，我们两个人好像就是从那一年，走上了分水岭。曾经的学霸，滚落进了名利场。而一个曾经渴望平淡一生、相夫教子的女人，却从此看见了世界的色彩缤纷。

走出国门带来的文化冲击，不断刷新着我的认知。

文学、哲学、艺术……甚至是生活方式。比如我从小被教育化妆和穿漂亮的衣服，是不务正业。但参加活动多了，我开始明白女人化妆打扮，是尊重他人，也是热爱自己。

毕业回国，已是两年后了。我和朱东明在机场相见的一刻，都觉得对方变了。朱东明说我变得时尚漂亮。可他自己身上却多少添了些世俗的江湖气。也许是在职场里摸爬滚打久了吧。有些男人，会在现实的磨砺中收起青春的刺芒。但有些男人，会在风浪中，把年少轻狂变成按捺不住的张狂。很明显，朱东明有些张狂了。

我是和朱东明的同事聚会时发觉的。在外人眼里，我们是恩爱有加的神仙眷侣。但我感觉到了不舒服。

同事说："你夫人是留英硕士，又这么漂亮，真厉害啊！"

朱东明得意地笑说："再厉害也是我老婆。"

我发觉这么多年过去了，我依然不喜欢朱东明在这样的场合以这样的方式喊我"老婆"。不是这个称谓有什么问题，而是他的神情和语气，仿佛在标注着对我的所有权。我仿佛没有姓名。

许多男人不想另一半强过自己，怕掌控不住，怕留不住。可有些男人，恨不得另一半是高贵的公主，比他强，才能显得他厉害。他们总想征服自己能触及的最好的女人，把她当成一粒用来炫耀资本的宝石，拴在扣子上。

当然，这不是我一瞬间体会到的，而是在时间流逝里慢慢品出的残酷真相。毕竟喜欢炫耀的人，都有收集癖，一粒宝石，又怎能满足？所以朱东明并不满足于只有我这一粒宝石。

我是怎样一点点发现其他宝石的呢。应该是从去三亚旅行开始的吧。挑选的酒店风格，不像朱东明往常的品位。而他也不像是第一次去三亚，好像熟门熟路。

生日的时候，朱东明送给我一条钻石项链。美，却不像是他往日的习惯。我隐约觉得，我们之间好像有个影子的存在。

有一天，朱东明公司忙，让我帮他处理手机交费的事。我在清单上注意到一个电话号码，出现得太频繁了。我问他，他敷衍而过。少年夫妻就这么露出了败象。不过，那时最让我心烦的，还是孩子。毕竟30了，再不生，怕以后身体要吃不消。可朱东明依然不要。我为了给自己找点事，干脆读了博。

然而忙碌也挡不住争吵。因爱而生的婚姻，最可怕的一点就是爱情没能保鲜。毕竟不是所有的爱情都可以在时间里蜕变升华。有一些，只会凝成一块又冷又硬的冰。争执多了，变成了冷。冷言多了，就变成了恶。

朱东明开始对我冷暴力，不闻、不问、不理。男人就是这么奇怪，明明不想再爱下去，却要逼着女人去说离婚。也许这样就不用落下一个始乱终弃的骂名。

是2008年的冬天，寒冷的天气，让人心硬。就因为他回家晚了，我随口问了一句，就此拉开了吵架的序幕。

那天，我们都说了许多伤人的话。不想复述，因为疼。

我不愿相信，那个从高中时代就爱着我的男孩，有一天会变得如此刻薄与冷漠。

我终于先开口说："我们离了吧。"

朱东明毫不犹豫地答了一个字："好。"

女人说离婚的时候，心里多少是带着挽留的。那么多年的感情，想放下，很难。我也一样。

可朱东明没有任何挽留。他从包里拿出了早已备好的照片、证件、文书……以及民政局所有需要的东西。

他早已做好了准备，只等这一天啊。

我看着他熟悉又陌生的脸，一颗心瞬间凉透了。而我的自尊不允许我反悔。

16年了。我一直以为自己会与他一生白首，却没想到余生尚远，我俩就这样到了尽头。朱东明搬走了，房子陡然变得好大。邻居偶尔遇见，会问："唉，好久不见你老公呢。"

我笑一笑，眼里就有了泪。

没办法。即便知道某些人不值得，可他终是在心

谁不是第一次做人

里居住过。

心情低落像一块小小霉菌，在黑暗中悄悄疯长着。浑浑噩噩地读不进书，懒懒散散地干不进工作。

博士阶段的课程只能向导师申请了延期毕业。

到底还是不甘心啊。也许有些真相我只是不敢面对，也不愿意面对而已。

一个周末，我打扫卫生，发现朱东明的旧电脑忘了拿走。我试了几个密码，打开了。我不知道自己想找什么。是一份暂且还抹不掉的回忆，还是那个一直隐藏的影子。

朱东明的 QQ 自动登录了。我没想到，那个所谓的影子，竟然不止一个。都是比朱东明小许多的女孩，涉世未深。而且好笑的是，这些女孩们个头都很高。

我翻了翻，竟然在我去英国之前就开始了。一条条惹人脸红的情话，龌龊，而又毫无底线。

我不敢相信，朱东明一边跟我恩爱，一边还有这样黑暗的一面。

我也不敢相信这是那个 18 岁时说我是他老婆、为我写情诗的男人。

我可以接受爱情的凋亡，甚至也能接受他爱上别人。但我不想承认自己眼瞎。因为那等于全盘否定了我的青春，否定了我对爱情的信仰。所有美好的记忆，都在顷刻间化成了锋利的刀，刺得我泪流满面。

我突然明白朱东明为什么不要孩子了。

他深知早晚有一天，自己的破事会东窗事发。他不想为一个注定破碎的家庭，留下一个麻烦。从这一点上说，我要谢谢他。女人一旦有了孩子，就是牵绊。没有孩子，我才有勇气这样痛快地离了婚。

那段日子挺难挨的。我在人前谈笑风生，回到家，眼泪根本不听话。开着灯，看见什么都两眼无光，是真的恨啊。关上灯，回忆又从四面八方的黑暗中涌上来。毕竟他是我的初恋，是我青春岁月里的光。

我开始质疑自己的价值，读到博士又能怎么样？没了婚姻，我一样成了别人眼里的笑柄。

我没想到，一段失败的婚姻竟会这么痛。黄昏的余光，让人想离开这个世界。还好天气太冷，拉开阳台门的一刻，蜂拥的冷风让人清醒。

我不记得在家里浑浑噩噩了多久。直到有一天，有个女孩给我打电话。

她说："你是沈雨棠吗？我叫丽娜。"

陌生的声音，但不陌生的是这个名字。我飞快地在脑海里检索了一下，她是朱东明撩拨的女孩之一吧。

丽娜说："我想见见你。"

我答应了，说不清为什么。

我和丽娜约在咖啡馆。我化了妆，穿了最漂亮的裙子去赴约，有一点点强撑的美。我到得早，坐在窗口默默地等。我在心里想着，见面的时候，是应该骂上一句，还是先甩上一巴掌。电视剧里一般是这样演的吧。不过，我都没有。即便恨，我也不允许自己变成泼妇。

丽娜在我面前坐下来的时候，我有点意外。因为她真的太高了。高高瘦瘦。我几乎是脱口而出地问了一句："没想到你这么高，你有一米八了吧？"

"一米八二"丽娜弱弱地说："东明喜欢高个子的女生，说带出去有面子。"

我真的是从这句话，开始觉醒的。如同爱丽丝掉进了兔子洞，见到了另一方世界。

忽然觉得朱东明有些好笑了。这么多年，我从没在意过他的身高，可这却成了他心里翻不过去的坎。他到底是从小县城里走出来的男孩，习惯了用嚣张的外在去掩饰内心的自卑。即便他已是名校毕业，外企中层，成为人人眼里的成功人士。可那又怎样？他的心里仍旧是个矮子，始终恐惧着别人的嘲笑。那些如蚁噬骨的自卑，让他一心去征服个子高的女生。

和他一样一米六五的我已经不算什么了，征服一米八二的丽娜，才更有成就感。

丽娜开始絮絮叨叨地讲着自己和朱东明的野情史。她上大学的时候，朱东明就对她下手了，借着她在公司实习开始追求她。

他没有告诉丽娜自己已婚，等她陷进去了，才说自己身不由己。

其实朱东明追求丽娜的同时，还在追她的闺蜜，还在电影院的时候，动手动脚。

说实话，我感觉不到心痛了。因为心死了，怎么会知道疼。

我以为朱东明只是渣男，没想到他是个笑话，我的青春也是个笑话，和他结婚的这么多年更是个笑话。

我说："你既然都知道，为什么还要和他在一起呢？"

丽娜说："我没有办法。我真的爱上他了，离不开他。"

我如实说："我觉得他配不上你。"

丽娜说："我父母也这么说，但他们现在不管我了。"

有那么一刹那，我在丽娜脸上，看到了当年的自己。那么坚信，那么笃定。

我问她："那你今天找我想干什么呢？"

丽娜说："我想亲口和你说声对不起，请你原谅我。"

我扯了扯嘴角说，"我原谅你，就是害了你呀。"

是啊，眼看着有人要飞蛾扑火，我却拦不住。原谅，就等于是送她一程。只是就算我说不原谅，照样改变不了她飞蛾扑火的心。女人一旦爱了，就什么都不顾了。除非真正的痛过。

谁不是第一次做人

比如我。因为真正的痛过，所以我很难再重新爱上一个人。

可是我遇到了方镜远。那是 2011 年，我 34 岁，心里还有伤，但也已经逼着自己一步步走了出来。

我完成了博士阶段的大部分课程，着手博士论文的开题和资料收集，以及案例跟踪。导师和师母一直关心着我的生活。知道我的情况后，帮我联系了早已博士毕业的方镜远，做一些案例的实地分析。

我们约在春天的午后见面，却不想见到对方的第一句竟异口同声地说："怎么是你呀？"

世界真是一场奇妙的轮盘。两个曾不知对方姓名的人，原来竟然是同门师兄妹。

5 年前，方镜远因为要被单位派出国，参加了英语进修班的学习。那时我在这个班里兼职，正是他的老师。

因为都以英文名字相称，他叫 Alex，我叫 Crystal。我们根本不知道对方的中文名。印象里，他比现在活泼得多。善于组织活动，活跃气氛。有他在，班里就不会冷场。学习班结束，他还请大家一起吃饭，有头有尾，有始有终。当时对他的印象仅限于此，不想 5 年后再见面，风趣的 Alex，变成了稳重儒雅的方镜远。官运腾达，意气风发。

我说："你和以前不一样了。"

他说："男人总要成长的。"

一句话，让我不由得想起朱东明。

男人与男人真的是大有不同。有的会在时间里慢慢堕落，可有的却会被时间打磨得闪闪发亮。而方镜远，显然是后者。

因为导师的托付，方镜远热情地接待了我。安排我在他的项目团队里调研。

他这个人很有心思，明明是我有求于他，可他请我和项目组同事一起吃饭时，很恭敬地介绍说，这是我的老师，沈雨棠。还蛮不好意思的。

可后来才发现，是我道行浅了，对于体制内的人际关系，了解得不深。作为领导，他对我的态度，直接影响着他下属与我的配合度。他对我如此恭敬，可想而知，项目团队对我的支持。可以说是鼎力相助，殷勤且周到。

那时候，我正着手买新房。换了心情，也想换个环境。可我对看房选房没什么经验。有次大家一起聊项目时，刚好聊到房子，方镜远给了我许多指点。从楼盘到房型，他懂得很多。

房子选好后，面临着公积金贷款和评估公司评估等一系列头痛的问题。方镜远托朋友帮我给银行行长和评估公司经理打了电话。一切就变得无比高效和顺畅了，也让我在交易中省掉了7万多元的费用。

内心里，除了感谢，还有暗暗地佩服。大部分执行力强的男人宛如严冬，独断嚣张。可方镜远却是春风一样的男子，温暖而强大，柔和又难以抗拒。他总能用一种和煦的方式让别人顺从。能和这样的人成为朋友，也算是人生里的一件幸事。

不久后，我爸的膝盖旧疾突然发作，疼痛难当。我只好请假，带我爸去医院。方镜远知道后，说他帮我联系到了市里最好的主任医师，让我马上过去。

他人没到，但所有安排，面面俱到。接送的轮椅，预诊取药，几乎不用我多说一句。

晚上我打电话感谢他。

他说："不要客气，应该的。老师托我照顾你，就是我分内的事。"

没有一丝邀功，所有强大的能力都安然放于谦和之下。

是我爸病情转好后的一天，中午工作餐，我请方镜远吃了饭。毕竟帮了我的大忙，我得感谢他。那一次我们聊得有点多。可能他也是好奇了吧，问我，家里这么多大事，怎么没见你先生？

我微微苦笑，坦然告诉他，已经是前先生了。

他有些惊讶，表示不理解，说像我这么优秀的女性，怎么会有人不珍惜。

我挑挑拣拣讲了些朱东明对个子的执念，和对年轻女孩的滥情。

方镜远一直锁着眉，认真地听。

最后说："我真没想到你会遇到这样的事。没关系，好好地从头过。"

说实话，我不是个必须依赖男人的女人。但离婚以来，方镜远第一次让我感觉到，生活里还是需要一个伴侣的。人总有力所不逮之时。能有个人在背后撑你一把，日子才不至于太苦。但我也知道，方镜远不可能是那个人。

然而不知道是不是我的错觉。自从方镜远知道我离婚后，他对我的态度有了变化。以前是朋友之间的出手相助，可那天之后，似乎开始嘘寒问暖。

后来就是 6 月末了，南京老城有了盛夏的意思。一天，我去方镜远办公室和他商讨论文的调研项目。他迎我进屋，然后随手掩上房门，说："有些话我想和你讲。"

也就在这时，一个身高一米七左右，杏眼如星的女人，推开了门。一袭红色山茶花的裙子，明艳逼人。

办公室的气氛瞬间凌厉起来了。从她推开门的那一刻，我们三个人的故事，才刚刚开始。

而不久后的 8 月，工作群里有人误传了一段八卦视频。虽然有点糊，但足够震撼……

方镜远是从哪天开始对我嘘寒问暖的呢。应该是从知道我离婚后吧。在这之前，他对我的帮忙，只是出于导师的托付，出于同门师兄妹的情谊。但在这之后，好像有点越界了。

5月的一天，我患了重感冒。方镜远正在深圳出差，打电话来确定第二天碰头会的事。他耳朵很灵，很快就听出了我浓重的鼻音。

我说："没事的，感冒而已，明天下午我会到。"可两个半小时后，方镜远就出现在了我的楼下。他的眼里是深沉的关切，嘴上是强势的温柔。

他说："病了就要赶紧治知道吗？拖出病根就麻烦了。"然后非要拉着我去医院打吊针。

不得不说，他真的是与朱东明完全不同的男人。身居要职，依然恭谦有礼，温厚细致。

我承认我有点迷恋这样的温柔，然而理智告诉我，方镜远碰不得。

因为方镜远已婚。经历了与朱东明的婚姻，我比谁都清楚地知道，已婚男人不能碰。最终伤害的不只是自己，还有另一个无辜的女人。

可有些事情的走向，好像越来越迷离。是6月末，南京老城已经有了盛夏的意思。我去方镜远单位，和他还有其他同事一起商讨论文的调研项目。

聊完之后，他喊我去了他的办公室，然后随手掩上了房门。

咔的一声，气氛就微妙起来了。

他拉了把椅子，坐在我面前说："有些话我想和你讲。"

我感到一瞬的紧张。也就在这个时候，我听见他的秘书在外面喊，方主任在开会！您要不要等一等。然后门哗地就打开了。

是个高挑明艳的女人，有双漂亮的丹凤眼，朱红色的唇，是我从不敢尝试的色号。一袭红裙，美到不可方物。

她说："开什么会呢？就两个人。"

显然她是方镜远的妻子了。

我以为方镜远会慌张，可他没有。他反而从容地站起来说："你来得正好，我们好好谈一谈。"

这下轮到我不知如何应对了。只好腾地一下站起来，说："你们聊吧，我先告辞了。"

明明我问心无愧，不知为何那一刻我还是想逃离。

在这之前，我偶尔从项目组里听到一些方镜远家里的八卦。婚姻的红灯已经亮了不是一两年了，也闹过离婚，只是一时还没有离成功。

方镜远的妻子是他的大学同学，学生会会长，风云校花。毕业后自己开公司，生意做得风生水起。听履历就知道性格必然要跋扈一点，生活里也就少不了光亮锋利的玻璃碴。

我忍不住联想，方镜远能有这份高情商，也是托他夫人日夜磨炼的福吧。一个优秀男人的背后，必定有个厉害的女人。要不然短短几年，方镜远如何能在事业上平步青云。他又如何在时光的碎步里，变成气定神闲的男人。自然是他妻子调教的结果。

可两个厉害的人在一块，怎么可能没有矛盾呢。换个角度来看，一段婚姻里，女人敢飞扬跋扈，也是因为男人给了足够的宠溺和包容。只是所有的包容都有限度，方镜远有些累了，而他的妻子尚未觉察到他们之间的问题。

我们三个人在办公室里撞见的时候，方镜远之所以如此坦然，其实是想让这段婚姻能快刀斩乱麻地结束吧。

我开始刻意疏远方镜远。作为一个从婚姻里艰难走出来的女人，我明白一个道理，无论婚姻已经多么千疮百孔，如果没有一个外力去推它，它就还可以在黑夜的风雨里，一直撑着。

而我不想让自己去蹚这个还未涉足的浑水，不能去做方镜远的那个外力，更不能去做他婚姻的送葬人。

他离，或是不离，都不该因为我。

可方镜远却仍然在暗自探知着我的消息，默默地关心我。那已经不是朋友之间的关心。

好在很快到了 8 月，我的调研基本完成了。这就意味着，我和方镜远再也不会相见。出于答谢，我请方镜远和项目团队一起吃了饭。

酒桌上，方镜远自斟自饮，喝得有点多。散伙的时候，方镜远让我坐他的车回去。

我想拒绝，可司机已经等在跟前。

一路无话，路灯一明一暗地滑过他的脸，像某部困在时间里的老电影。车子在我家楼下停住的时候，他让司机先下去，想和我说两句话。

他说的也就是那天在办公室还没来得及说的话。他跟我说他金玉其外的婚姻，藏着无数的委屈。

他说，他一直认为，女人把身体和感情给了男人，为男人生儿育女，男人就应该包容女人的一切。可是包容换来的，往往不是对方的理解，而是日复一日积攒起的骄横。这么多年下来，他对他妻子的爱与耐心磨完了，只剩下满心的积怨和一点点亲情。

在重新遇到我之前，他已经提过两次离婚了。可他妻子宁愿吵架也不同意各自安生。

方镜远说："这一次，我真的会离。不论什么条件都会接受。你愿意等我吗？"

我知道我应该拒绝他。可我不想承认，我看着他眼神里的无助时，有过一丝动摇。我心里像是被种下了蛊。毕竟他的婚姻已经濒临崩溃了不是吗。如果他的婚姻注定要消亡，我的决然，是不是在毁掉我余生里有可能的一段爱情？

那晚，我失眠了。不过第二天早晨醒来，我又很快恢复了理智。

也就是在那天下午，项目群有人误传了一段八卦视频，更是坚定了我的决心。视频虽然很模糊，但足够震撼我的心。是项目组的同事偶遇方镜远和他妻子带儿子逛街，随手拍下来的。

应该是想发到他们的内部群，却不小心发到了我们这个项目组的群里。

视频里，方镜远蹲下身子给儿子擦汗。站起来的时候，后背蹭了墙上的灰。他妻子很自然地帮他拍了拍……

阳光金亮亮的，空气里都是蝉鸣，而一家三口的背影，是如此平和。

如同无数个吵吵闹闹但永远吵不散的家庭一样，有着简单的自己不易觉察的幸福。其实吵不散的婚姻，就还有挽救的可能。最怕的是像我和朱东明，后来连吵架都不会吵了，那才是婚姻死亡的标志。

我反反复复看了很多遍视频，然后确定了一个事实，其实不是所有的婚姻都像我和朱东明一样无药可救。

有些婚姻，真的可以花些时间去修复，去治愈的。方镜远和他妻子之间也许是真的出了问题，但不至于用离婚来切断所有的可能。只要没有外力的出现，他们的婚姻就还有机会缓过来。而我不能做那个外力。

　　我很认真地把自己的想法告诉了方镜远。那是我第一次见到方镜远如此失态。因为我拒绝了他。他那样优秀的一个人，身边有大把姑娘往上扑，大概没想到我会拒绝吧。

　　我对他说，我自己经历过背叛。我不能再把这种伤害，转嫁给另一个女人。

　　他说："我的婚姻完了，和你没有关系。你明白吗？"

　　我说："你有没有想过，你夫人今天的骄纵是你年复一年养出来的。你凭一句受不了，就抛弃她，你让她以后怎么办？你把她养成了一个别人不能接受的样子再离开，你不觉得有点残忍吗？夫妻之间，是相互塑造的。说真的，你费心追求我，不如花点心思去改变她。"

　　说完，我就离开了。离开的那一刻，我心里是有一点难过的，毕竟方镜远是个温善且优秀的男人。也许我这辈子并不会遇到比他更好更优秀的男人了。但我知道，即便往后孤老终生，我也不能去破坏别人的家庭。

　　那天晚上，我一个人在客厅沙发上坐了很久很久，然后看了一部BBC的海洋纪录片。透蓝的海水在屏幕里翻滚涌动，让我心里曾为某人蓄积起的热度，散尽余温。然后我拉黑了方镜远所有的联系方式。

　　我就这样将方镜远从我的人生里抹去。如同我的前夫，朱东明。

　　这之后，我过了一段孤独但不寂寞的日子。我看开了。人生已经爱过，不必费心再求。心态的转变，让单身生活变得多彩起来。

　　作为大学老师，我不用坐班，有足够的时间用来读书、健身、买东西、做美食。

　　寂寞了，找朋友聊聊天。厌烦了，去公园看鱼。喜欢看一团一团的锦鲤游弋在池塘里，自由而安逸。不再执着地想结婚，想要有个孩子。有与没有，都是缘分。

　　当然，家里肯定是要急的。妈妈隔三岔五地打电话，基本只有催婚一个主题。闺蜜也帮着我急。

　　我在婚恋网站上注册了会员，以示自己也在努力。不过可挑可看的，寥寥无几。

　　后来就到了 2013 年。我有个做同传的朋友病了，临时抓我去顶班，做一天翻译。那是个小规模的商务会议，只是交传，但要求形象好。她觉得我完全能胜任，求我替她一战。

　　我只能答应。

　　可朋友给我发来前期资料后，我就傻眼了。

　　材质、原料的专有名词太多了。不夸张地说，我用一个晚上背完了 923 个新单词，第二天上阵，没有一处错误。会后，大家闲聊。有个很帅的男人称赞我口音纯正，翻译专业，还问有没有兴趣去他的公司。

看胸牌，他是参会的客商。

有人在旁边说："人家是博士，还是系里最年轻的副教授，你就死心吧。"

男人有点惊奇，说："你看着这么年轻，竟然已经是副教授了呀。"

我礼貌地寒暄，没有当回事。却没想到第二天他找朋友要到了我的微信。

他叫路景行，大我9岁。是我人生里的第三位男主角。路景行后来和我说，那天我的专业水平给他留下了深刻的印象。

我打趣地说："夸我有才华是我因为颜值不够吗？"

他笑了，说："不不不，始于颜值，忠于才华。我完全被你惊艳了。"

其实，我又何尝不是呢？路景行有一米八六，眉眼锋利，有一点混血感。明明45岁了，看起来却像是和我同龄。

我们开始有了联系。

那是2013年，大家还习惯在微博上晒生活。路景行发的照片不多，但游泳、篮球、高尔夫……样样精通。

他说他在国外生活多年，热爱篮球和健身。

我有意用英文和他对话，试试他是不是真的在国外生活过，还是只旅行摆拍。

没想到他应对如流，熟练如母语。

慢慢地，我们熟悉起来。除了健身，还会在休息日吃饭，看电影。后来我们的聊天内容更深入了一些，说了彼此的家庭。

路景行的父亲也是高校老师，母亲是儿科医生。他在澳大利亚读的大学，毕业移民，最爱的运动就是篮球。目前经营着两家进出口公司，一家在南京，一家在上海。

我发现，我骨子里还是慕强的。喜欢那些优于我的男人，他们经历过沧桑和坎坷，看起来更加厚重和迷人。

我妈以前说我，你都是博士了，有几个男人能比你优秀啊。可是命运的转盘，终是把路景行送到了我的面前。

是两个月后的星期天。路景行约我在一家西餐馆见面。初秋的南京依旧很热，31℃的高温下，他却穿了西装配领带。

一把玫瑰放在身边，是深红的暗示。

他说："我很喜欢你，觉得我们很合适。我想和你结婚。"

其实，我是有心理准备的。毕竟我们这个年纪，多少会压缩恋爱的时长，直奔下一个主题。但我没想到他会这么直接干脆。

路景行跟我坦白了他的婚史。前妻是香港人，和他在澳大利亚结婚。他们之间的分歧很大。比如孩子，对方喜欢丁克，而路景行很喜欢小孩。再比如工作，路景行照顾生意两边跑，可对方无论如何不肯来大陆。他们都觉得无法弥补裂痕，共同选择了离婚。然后，他拿出一个文件袋，里面竟然是他们的离婚证件。

路景行说："请你相信我，我不是随便玩玩，我是认真的。"一个带着法律文书自证的男人，我有什么理由不相信呢？

我说："好，我们谈恋爱吧。"

路景行这才捧起玫瑰放在我手上，说："送给你的，女朋友。"

其实我和路景行的恋爱时光很短，只有半年。之后我们马不停蹄地进入了结婚的流程。

许多朋友对我突然结婚这件事表示惊讶。在他们的感觉里，好像我要做孤独一生的女博士。而当他们认识路景行后，惊讶又都变成了羡慕。因为路景行的条件的确过于优越。不论是相貌、学识，还是身份和身价，都几近完美。

闺蜜问我，他怎么就非你不娶了呢？

其实，这个问题，我也问过路景行。

那时我们的新房已经装好了。我坐在还没撕去透明膜的沙发上，看着路景行，觉得有些不真实。

可能一切都来得太快了吧，快得不及细想。

我说："倒追你的人肯定不少吧，你怎么就对我毅然决然了呢？"

他很认真地说："你不是我见过女性里最年轻的，不是最漂亮的，不是学历工作最好的，不是处事能力最强的。但你绝对是我能接触到的女性中，没有低分项，总分和平均分最高的，所以我就毅然决然了。"

这个问题如果问朱东明，我猜他一定会说，因为我只爱你呀。如果问方镜远，我猜他会列出一堆爱我的细节。只有路景行，摆了一串条件。

我问："那就没有因为一点点爱吗？"

他笑，坐过来把我揽进他怀里，说："那是前提，不用讲。就像我们说上海、北京是不用带中国一样。你不也说追我的人很多吗，既然很多，我当然要选个我爱的。"

然后他俯身吻我，在我耳边说："没想到，堂堂博士还在意这个。"

真是温柔到让我没了抵抗力。

婚纱，我托朋友买了 Vera Wang。嫁给朱东明的时候，我没有穿过。这一次，我要好好爱自己。

其实，很庆幸自己在受到感情打击之时，没有放纵放任，没有自暴自弃。哪怕年过 30，仍然把每一分钟，每一分钱，都用来提升自己。

以至于到了今天，我才能以足够优秀的形象，自信满满地站在路景行这样的男人面前，毫不怯场。

路景行说："这一点，你和我很像，是时刻对自己都有要求的人。"

说起"时刻"二字，我当时以为他只是说说。等婚后我才发现，原来他是在客观陈述事实。

常说人是两面的，人前人后，A面B面。出门光鲜靓丽，回家懒惰散漫。可路景行真的只有一面。

在公司里，他是细节完美主义的老板。回到家，他是精心细致的枕边人。

他所有的衣服，都要整整齐齐地挂在衣橱里，由冬到夏，由长到短。书房里有几百只文件袋，把所有文书分门归纳。他不但手巾要天天换新，就连厚长的浴巾也要天天洗涤，否则就会觉得不干净。不夸张地说，就连晚上的护肤程序，他都高我一个段位。桌上都是大牌。眼霜从23岁，一直擦到现在。谁能明白一个女人在护肤上比不过老公的心情呢。

和闺蜜吐槽时，她们都表示我身在福中不知福。

闺蜜说："看看我们家的，大腹便便不爱洗澡，那才想哭呢。"

我不知道要怎么讲。现在流行说内卷，那路景行就是家中卷王。当你的另一半无比整齐，无比洁癖的时候，你挂错一件衣服都会感到紧张。

可这是一个家啊，是让人放松的地方。我不想自己在外面工作了一天，回来还要小心翼翼。摩擦多多少少就来了。

可我发现，路景行强硬，但不顽固。也许他是做惯了公司的一把手吧，会让我把理由摆出来，择优而用。

比如，我和他讲浴巾洗得太勤，会让纺织纤维硬化。擦坏了皮肤，人更容易受到细菌的入侵。

他觉得我说得有道理，就会尝试用一周洗一次的浴巾。

我婆婆是儿科医生，很可能养成了他心理上的洁癖。回想起路景行第一次咬牙切齿用旧浴巾的样子，我忍不住会偷笑。但这就是爱吧。为了我，愿意去改变，去突破心理壁垒的爱。

他在我面前越来越放松，我在他面前也是，这才是好的夫妻关系。

其实我和路景行在一起的时间最长，几乎从未分离。但我和他的故事说起来的时候，却最短。因为我们的生活平淡而踏实。没有电视剧里出轨偷情的狗血剧情，也没有金钱家产的尔虞我诈。我们各自有为之奋斗的事业，也有假日共同的娱乐与爱好。

2014 年，我们有了孩子。三个人的世界，变得更加温暖快乐。

2017 年，是我和路景行分歧最大的一年。

他快 50 岁了，想回澳大利亚提前退休。朋友说路景行真是活得通透，他明明身处人生的巅峰，却愿意急流勇退，让自己的后半生尽情享受一花一草的清香，一颦一笑的天伦。可我还没那么通透啊，我正是提正教授的关键时刻啊。如果和他一起去澳大利亚，我的事业就等于完全归零。

我们长谈了许多次。

他说："是我退休，你也退休，不是我让你回家一个人做家庭主妇。你不会无聊的，也不会失去人生价值，因为有我陪着你。"

我就这样被他说服了，决定提前退休，带着孩子跟他去澳大利亚。而我没想到的是，在我做出决定的第二天，路景行就找来律师，做了一个公证。让我拥有他婚前以及婚后所有财产的一半。

那是一串庞大的数字，可以让我余生无忧。

我说："没必要啊，好像我为了钱一样。"

他说："当然有必要，你为我做出了牺牲，我必须有所回报。你要和我背井离乡走那么远，我要给你吃这颗定心丸。"

这句话，怎么听着那么像是情话呢，而且是非常动听的情话。

2017 年底，路景行转让了公司，我们搬去悉尼，买了别墅。

2018 年老二出生后，又买了套更大的别墅。

我很喜欢这幢新房子，院子够大，窗子够多。暖白底色，静美而柔和。这边的天气，总是晴，大片的阳光洒下来，是饱和度极高的金。路景行还是喜欢健身和篮球。在澳大利亚住久了，不爱上几门运动，好像对不起这金灿灿的好天气。

而我，在这边结识了许多新朋友。都是各个领域很成功的优秀女性，开阔了我的知识与眼界。

没来之前，最害怕的是到这边困死在家庭里，成为一个不问世事的家庭主妇。

可就像路景行说的，你想做，我也不会答应啊。

是啊，有他在家，怎么可能放任我堕落。我们一起健身，一起阅读，一起研究美食，一起教育孩子，一起享受一茶一饭的温馨。这大概就是好的婚姻吧。

2022 年，我 45 岁，路景行 54 岁。我俩结婚 8 年，有两个可爱的孩子。

闺蜜说："你当初放弃事业时，我以为你走了步错棋，没想到你才是人生赢家啊。"其实，回想我的小半生，每一次都是在勇于放手之后，获得了新生。

如果我没有和朱东明离婚，现在的我一定是个悲悲切切的中年怨妇吧。

如果我继续和方镜远纠缠，现在的我可能是个没有名分的小三吧。

很感谢自己在人生的每一个岔路口，都做了对的选择。

有关朱东明和方镜远的后来，全都来自听说。听说朱东明和一米八二的丽娜结了婚，又离了，他永远是不知足的男人啊。而方镜远现在已经是会在电视上出现的响当当的大人物。值得高兴的是，他和妻子的婚姻也早已得到了修复，成了真正的神仙眷侣。一个愿意改，一个愿意帮着改，这样的婚姻就没有不幸福的理由。而我，也正拥抱着幸福。

也许有人会说，我是太幸运了。能够遇见这么优秀的路景行，一定用光了这辈子的运气。但我更愿意相信，前提还是我足够好。是我足够好，才能吸引到路景行的驻足和停留。毕竟爱情这件事，从来都是锦上添花，而不是雪中送炭。灰姑娘如果没有南瓜车和水晶鞋，也就不会有被王子发现的机会。你是什么样的人，就会遇到什么样的人。

此时此刻，我和路景行在澳大利亚的早晨醒来，准备起床，去厨房里给孩子们准备早餐。是活得通透的路景行让我明白，幸福不是什么都拥有，而是你想要的恰好在身边。

大熊和小猪

我时常想起 2004 年的西安。漫长的冬天，银白的雪。我和美珠牵着手，走在空旷的野生动物园里。

天气真冷啊，把空气都冻成了冰蓝色。动物们缩在窝里看着我和美珠，显得我俩有点傻气。

21 岁的爱情，总要有些傻气才鲜活呀。有一点莽撞，加一点肆无忌惮。我们和天鹅吵架，和大猩猩过招，还哆里哆嗦摸了老虎屁股……然后，错过了末班车。

天快黑了，雪还没停。美珠仰着头问我："熊乐，怎么办啊？"

我说："没事，再找找看。"

也许我常想起这一天，是因为那是我与美珠在一起后的第一个峰回路转。而我多希望，多年后的今天，人生还能再次峰回路转。

我叫熊乐，和美珠相识在 2003 年的秋天。那时我还是西安美院的学生。我是从农村出来的孩子，一边要仰望艺术这轮明月，一边也要弯腰捡地上赖以生存的"六便士"。毕竟学绘画是件很费钱的事，不说学费，各种画材费用也很惊人。

那时正是网络起飞的时期，我在校外软件培训学校报班学了网页设计。而美珠就是我的老师。

最初对美珠老师，我是没有非分之想的。我们男生宿舍楼前面，就住着本校服装表演系的姑娘，个个颜值爆表，身材出挑。美女见多了，对普通女孩自然缺少一点怦然心动。

可是，事有例外。很偶然的一次，我从别人嘴里听到美珠老师的生日时间，当场惊讶了。

她竟然和我一样，都是 1983 年的，只比我大 13 天。我还是什么也不懂的学生，她却已经是站在讲台上英姿飒爽的老师了。

谁说男人都是视觉动物，面对才华横溢的女孩，心动可能会来得更深刻。

慢慢地，我和美珠有了更多的互动。我会向她请教软件练习的问题，也会让她看我电脑绘画的作品，听听意见。

关系熟了，嘴巴就臭起来了。我故意逗她，叫她猪老师，因为她和我一样属猪。喜欢看她佯装生气，又拿我无可奈何的样子。

美珠身高一米六五，而我一米八三。她站在我身边，显得特别小小的一只。

后来，就是2004年了，一天晚上，美珠突然打电话过来，说要去附近城市出差两天，问我能不能陪她去。

我是有一点蒙的，毕竟和她接触也仅限于软件学习。但想到她对我的指导和帮忙，我没有推辞。

那是蒲城。离西安100多公里外的小县城。美珠去给当地电厂的工程师们讲CAD（工程制图软件）的操作。电厂的位置十分偏僻，高耸的烟囱，有薄薄的白烟飞进透蓝的天空。接待我们的工作人员嘻嘻哈哈倒也随和，但他们只提供一间房间给我和美珠。

美珠说："我们只是普通朋友，需要两间房。"

工作人员就哈哈笑了，说："年轻人，放开点，没事的。"

说完就走了。美珠转头看我，一张脸微微红了。

白天，她去讲课，我到周边采风。晚上回来，气氛就尴尬起来了。好在美珠大方。与我和衣躺在床上，有一句没一句地聊天。

我和她讲我小时候在农村的经历。什么用嘴喂养刚孵化的鸽子了，什么做陷阱抓鸟了。还和她讲我养过松鼠、蝎子和大蜘蛛。

美珠听着来了兴趣，眼睛里全是好奇的光。

当然，她也说了她自己。她是咸阳人，一个人在西安读大专，然后上了班。她表面看起来精明强干，无所畏惧，可到底是女孩子，独自到这样偏远又陌生的地方出差，心里多少还是有点怕的。

美珠说她找我陪她出差，是因为在日常的交流中，觉得我人品不错，是个能相信的人。当然，也因为我长得虎背熊腰的，看起来就有安全感。

过了凌晨，美珠的眼睛就睁不开了，聊着聊着，起了微鼾。而我却睡不着了。第一次被女孩子这样信任着，内心便有了小小的异动。看着她睡在灯光里的样子，莫名有种想要守护她的冲动。

回到西安，我和美珠来往频繁起来。有时，她会叫我陪她逛街。有时，就是单纯地聊聊天。

记忆里，那时街上无处不在放着刀郎那首《2002年的第一场雪》。仿佛全国人民都在用爱情融化着冰雪。而我与美珠老师的感情，也在悄悄升级。许多想说未说的话，就隔着一层薄薄的窗纸。

是临近期末时，美珠的一个女同学，忽然给我打电话，叫我快点过去。说培训学校里有个大龄男学员一直追求美珠，美珠不肯，他就赖在美珠的宿舍里要过夜。

我一听就火了，飞一般赶过去。看见美珠，我一把将她拉到身后，对那个男学员说："这是我女朋友，以后不许再来纠缠。"

不夸张地说，那个时候，我的身高是有压倒性优势的，识趣的，都会溜。许多年后，美珠对我说，其实她还蛮感谢那个男生的。因为他的死缠烂打，引发了我对她绝对的呵护，她也因此拥有了安全感，从我的老师变成了我的女朋友。

我和美珠就这样在一起了。她的第一个生日，我送给她一只白熊做礼物。她开心地抱着，揉它软绵绵的肚子，拍它硕大的头。对我说，长得好像你哦。

从此，我也有了代号。我们是大熊与小猪的组合，就像橙色的维尼与粉色的皮杰，注定要携手去探知未来的世界。

那时候没钱，我们计划着反季节旅行。大冷的天去参观乾陵，黑乎乎的墓道没有一个人，吓得我们一起哇哇大叫。寒风中去爬骊山，把美珠老师冻成小小的一团缩在我怀里。

那天，我们在山上看见了一个可以算命的道观，她进去许久才出来。远远地，笑嘻嘻地看着我。

我问她，算到什么了这么开心。她说，道长告诉她，一个高大的东方男子给她带来好运。

后来，我们还去了西安野生动物园。那天下着雪，一切都是素白的，动物们看着我俩，好像在看两个神经病。

后来我们错过了回城的末班车。天都黑了，雪还未停，美珠有点急了。好在碰巧有园区的员工回市区，把我们带上了。车上，只剩一个座位。于是我只能抱着心爱的美珠老师。那么软，那么暖。忽然想起道长的话，也许是对的吧，只要我们在一起，总会有好运气。

大四，我从学校搬出来，搞毕业创作。我们专业所有人都是架上绘画，除了我，奇葩地在做和专业毫不相干的动画短片。因为我觉得动画是个很有前景的事业。

那时候，我鼓励美珠离开培训学校，去一家平面设计公司上班。她每天白天上班，晚上回来，给我的毕业创作配音。

我们的人生轨迹，仿佛在并行。可事实上，由于就业环境的差异，我们已站在了岔路口上。世纪之初，西安根本没有电脑动画这个产业，而深圳却已经拍出了全国第一部3D动画电影。我想去深圳，那边有我的各种梦想。可美珠不想离开西安，因为离老家近。

我陷入了两难境地，每天都在挣扎。可是如果留下，我一个一穷二白的愣头青，拿什么娶她？所以最终我还是决定去深圳。

我们一起到秦岭的大山里，埋下了心愿盒。约好6年之后，一起过来挖。我不知道她写了什么，而我写的是，等我两年后回来娶你！

我当时想好了，一定要两年内闯出点成绩，回来把美珠娶过门。可是出发前，美珠决定陪我南下了。

有时觉得，父母的不赞成反倒推了我们一把。那时，我爸妈嫌美珠个子矮，和我不般配。美珠的父母嫌我们家是农村人，配不上她。一瞬间，我们都有了远离他们可以松口气的感觉。于是我和美珠拿着仅有的 3000 块钱，去了人生地不熟的深圳。

其实，那时的深圳，对年轻人来说还是相对友好的城市。我们在城中村找了房子，很快也都找到了合适的工作。我进了一家动画公司，她进了一家很有名气的服装公司。

我们都是有上进心的人，工作之余，也在学习考证。我们也都是有小浪漫的人，没多少钱，就穷游。总之，有美珠，我很快乐。

2009 年，美珠怀孕了。我俩请了假，回去奉子成婚，领了证。必须说，年轻人还是要早点自立，在婚姻大事上，才会有更多的自主权。2010 年，儿子出生。美珠和我商量想在西安买房了。毕竟深圳的房价，已经是可望而不可即。从长远来看，我们只够在这座城市留下青春，留不下人。但只要我和美珠在一起，就有好事发生不是吗？

是重回深圳的第二个星期。一个朋友找我，合伙工作室接电影 CG（计算机图形）制作。当时正是影视圈的蓝海期，我们参加了国内几部大片的特效项目，在行业里做出了口碑。从此我的事业，峰回路转，踏上了正途。而美珠一向有能力，不久就升了职，一路做到品牌经理。

曾经我以为自己根本没能力留在深圳，却没想到我和美珠真的扎下了根。我们有了车子，有了房。2014 年，我们又有了一个女儿。一切都顺心顺意，除了忙。这份工作就是这样，项目来了，天天都要早出晚归。

2016 年，美珠辞了职，专心在家照顾两个孩子。管教两个小不点，不是轻松事。再坚持上班，美珠肯定吃不消。我心疼她为家庭做出的牺牲，更加玩命地工作，只想把最好的都给她和孩子。而那时我的工作压力很大，有时会连着几个通宵不睡觉。

美珠心疼我太过劳累，劝我说："要不，咱们还是回西安吧，你这样能熬多久啊。"

我说："事业尚未成功，不能撤。"

然而，究竟要怎样定义成功呢？拿奖，赚更多的钱，还是多陪陪老婆和孩子？

2020 年，疫情对我的工作影响不算大，依然有做不完的项目在等着我。而我和美珠盘算着，想换个更宽敞一点的房子。毕竟二宝一天天大了，美珠开始张罗起卖房置换的事。

可到了12月，我突然发烧，只能靠退烧药压着。每天都会腰痛，浑身酸软。起初以为是职业病，久坐引起的，所以没太在意。然而一连十几天，反反复复，一直不好。有一天，烧到快40℃了，美珠实在看不下去了，凌晨拉着我去了医院。

在深圳一家三甲医院发热门诊，验了血。那时我还说她大惊小怪的。结果没一会儿，我就收到一条医院发出的短信。

是病危通知！让我尽快就近住院。

看到那条短信的时候，我和美珠都愣住了。我当时想，是不是搞错了。我人还好好站着，怎么就病危了呢。

发热门诊帮我联系了急诊科，初步判断是血液病。当时血小板已经接近0了，随时有内出血丧命的风险。我躺在活动床上做各种检查，几个小时后，出了结果。

美珠去拿的，过了很久才回来。眼睛红肿着，显然是哭过了。

我问什么结果，她眼泪打转，强压着抽搐，不让自己哭出来。

我笑着说："什么结果告诉我吧，是癌症？"

她一下绷不住了，哭着对我说，是白血病。

我宛如听见一声晴天霹雳，脑子被劈得一片空白。我极力控制住情绪，安慰美珠说："别哭别哭，说不定是误诊了。"可我最终确诊，是白血病 M5，变异基因属于最难治的高危型之一。

科室主任叫美珠到外面谈话，而我知道，她已经慌得没主意了。

我拉住她，说："就直接讲吧，我俩一起拿主意。"

主任知道我们孩子的年龄后，直摇头。而我竟然出奇地冷静。我问，我还剩多久的时间？不用瞒我。

主任说："1 到 5 年。"

我心里，轻轻呵了一声。一直觉得自己还年轻，没想到刚到 37 岁，人生就开启了倒计时。

白血病治疗的费用，高到离谱。美珠把卖房的钱拿了出来。我心里有点舍不得，因为成功的概率太低了。

我说："万一我……"

美珠飞快地堵住我的嘴。她说："你从来没有让我失望过，这次也一样。"

我看着她，不敢开口。因为，我怕一开口，就会哭出来。

接下来的日子，就是一个阶段一个阶段的化疗，头发眉毛都掉光了，体重掉了 50 多斤。身上的白细胞都杀死了，没有一点抵抗力，经常发烧，超过 40℃。医生几次找美珠去签病危通知书。

缓过来，我会问她，签的时候怕不怕？

她说："你知道我怕就一定要坚持。没有你，我和孩子要怎么办啊。"

　　我心里痛得要死，只有一个信念就是活下去。到了第三个疗程，每天早晚都要发高烧。大冬天，衣服床单湿透好几条。整天昏昏沉沉，醒不过来。

　　第一次嗅到了死神的味道，好像松一口气，就可以解脱。但脑子里徘徊不去的，只有美珠和孩子。美珠的声音一遍一遍缠绕着我。"没有你，我们要怎么办啊？"像一束纤细柔亮的光，始终牵引着我，从松软的黑暗中，走回来。

　　想看着儿子长大成人，想看到女儿穿上婚纱，想偷偷给他们写封遗书，却手抖得字不成行。一度半个身子刺骨地疼痛，不能站立。可我仍咬着牙坚持。

　　我得活下去呀。为了我爱的美珠和两个孩子，也为了爱我的美珠和孩子。

但后来只要一化疗，就开始高烧。医生查不出原因，不敢再用药了。而我的骨髓也出现了纤维化，很难抽出。

医生遗憾地说："这个疗程结束就先回家吧，你已经不适合了。"

心里冰凉冰凉的，似判了死刑。坚持了这么久，忍受了那么多的痛苦，仍是徒劳。想哭都没力气。晚上，躺在床上睡不着。看着身旁才30多岁的美珠，心如刀绞。

我说："等我走了，你找个对你好的人改嫁吧，孩子们可以放老家，这样我走得放心。"

我说的是真心话，到这个时候了，我只想她和孩子能过得好。他们安定了，我才能安心。而美珠哇的一声哭出来。她想捶我，可又不忍心下手，只能抱住我，边哭边骂。

她说："熊乐，你不许这么自私，不许只想着解脱！为我们着想，你就要想尽办法活下去！"

第二天，美珠又开始到处查找治疗的资料。她跑了好多家外地有名的血液病医院，也托朋友在香港咨询。在几乎所有医生宣告无解的时候，终于在病友的介绍下，看到了一线希望。

那是北京一家著名的血液病医院。于是我们决定北上再拼一次。

其实，治疗白血病最好的方法就是移植。我的情况已经等不及配型了，只能直接用直系亲属的骨髓做移植。而我父亲年纪太大，细胞不活跃。这个重任，只能落在我儿子身上。

虽说现在的技术先进，抽骨髓不是很危险，但我儿子只有 10 岁啊。我和他的体重相差太大了。我需要的骨髓和干细胞量远超他所能承受的安全线。我没有勇气做这个选择，在心里直接放弃了。因为我真的承受不起一点儿子失败的后果。否则，我活着也是死了。

而美珠又何尝不在挣扎。都是她在这个世界上最爱最爱的人啊，哪一只手都放不下。

儿子是真的长大了，他多少听明白了关键。

他对妈妈说："这还用选吗？医生说抽我的骨髓成功概率很大的，要是不抽，爸爸就没了。"

就这样，美珠哭着，送我们父子俩上了手术台。

我是在移植仓里才看到儿子照片的。抽骨髓后仍然昏迷着，身体接满各种仪器。我的心一阵痛楚，自责让儿子也跟着受这样的折磨。我只能祈求上苍，一定要让我好起来。不要辜负了美珠，不要辜负了孩子。

上天保佑，儿子恢复得很好。很快我就看见了他。我躺在狭小的无菌仓里，他站在巨大的玻璃窗外对我招手。面色好白，但眼睛里全是自得的神采。他是该自得呀，小小年纪就救了爸爸。

美珠站在他身后，眼里全是眼泪。那一天，她是

来告别的。女儿还在家里，儿子的课程也已落下一个
多月。她要带着儿子先回深圳了，换我爸妈来照顾我。

我们隔着玻璃通电话。她一直叮嘱，要有信心，
要照顾好自己。我低声应答，让她放心。临走时，她
把手放在玻璃上，仿佛可以穿透空气，摸到我。

好吧，我任性了，从床上爬起来，拖着满身的仪
器线，慢慢挪过去，用尽力气伸直手臂，刚刚摸到她
掌心。我们就那样，隔着玻璃手对着手，一直哭，一
直哭。

我听不清她说什么了，她也听不到我说话。于是
她只对我哽咽地大喊了一句，一定照顾好自己，我和
孩子们等你回家！

我在无菌仓里整整住了一个月。手术还是很成功
的。但我需要继续住院治疗观察。我爸妈一个在医院
照看，一个做饭送饭。

美珠回深圳，照顾两个孩子。视频里看到她忙碌
疲惫的身影，我心痛，却又无能为力。

后来我们反复商量后，决定搬回西安，离亲人近，
也有个照应。这是她劝了我许多年的建议。

回头想，如果当初听她的，没有了高压的工作环境，
是不是我就不会得这个病。总以为自己在一步步脚踏
实地，践行着计划，可命运总喜欢埋些意外的彩蛋在
计划之外。

我最对不起的人就是美珠了。

2021 年 8 月，美珠忙着搬家。10 多年的家当，从南到北浩大的工程，美珠一个人平安地把孩子和家搬回了西安。

2022 年年初，我收到女儿的来信。工工整整的，还画了插画。

她说她想我了，想我刮胡子的时候逗她玩，想我快点回到她身边。

我的傻女儿呀，那时候的爸爸，只有刮胡子的那点时间哄你。但等我这次回去，我一定用好多好多的时间来陪你，陪妈妈还有哥哥。可是，我还能有好多好多的时间吗？

此时此刻，我仍然住在北京附近的一家医院。而美珠和孩子们正在西安经历着疫情封城。

这已经是移植后的第 10 个月了，一切都还好。白血病需要存活 5 年后才能算是真正的脱白治愈。我会好好坚持的。为了和美珠老师相守一生的约定，也为了能看着我们的孩子成家立业，开枝散叶。

其实这场大病，好像让我有了一种超能力，能感知到流逝而去的时间沙漏。人生潮涨潮落，没有什么来日方长。珍惜身边的幸福才不会有遗憾。

都说家人之间不说感谢，但我心里有很多感谢的话想要说给美珠听。没有她的不放弃，我活不到今天啊。

2022 年 1 月 21 日，是我俩结婚 12 年的纪念日。亲爱的美珠，我知道，你每天都会来看小浅的公众号。我想在这天到来之前，让你惊喜地看见这篇熊与猪的故事。

美珠，我爱你啊。很爱很爱。跟着我，让你受苦了。我会用尽余生所有的运气，去创造一个奇迹。熬过这 5 年，然后好好活着。我答应你的，要陪你和孩子走过东南西北，走过春夏秋冬。一直一直走下去，走到时间的尽头，走到时光的深处。

金雾下的月光

我妈最后一次和我爸发脾气，是在医院里。

那一年，我 11 岁。记忆里，窗外的天，阴沉沉的。天气预报说有大雨，可一直憋着不下。

我妈把检查报告摔在我爸面前，哭着说："让你早点来你不来，你让我们母女以后怎么办啊。"

我爸抱住了我妈。只是这次，我爸不知道要怎么哄妈妈了。

我妈生在长江边一座有名的古城。外公是音乐学院管弦系的副教授，生了二儿一女。我的两位舅舅都没有音乐天分。只有我妈继承了我外公的基因，从小学长笛和钢琴。

小学的时候，我妈就是学校里的文艺骨干，小公主般的存在。老师都说她将来肯定会是个音乐家。我妈大学考上了音乐学院，毕业后进了我们这边的市歌舞团。

那是 1991 年，艺术不值钱的年代。大家都爱港台明星，没人看歌舞了。还好我妈够漂亮，也有一点门路。经人介绍，每天在我们那边一家四星级酒店的大堂咖啡厅弹琴。

在当时，能在涉外酒店里工作，都是让人羡慕的。因为工作环境好，工资高，并且还能拿小费。

每次我妈都会在钢琴上放个巨大的红酒杯。好多外国人会给钱，其中有一个美国人，特别殷勤。每次，他都会在我妈的大杯子里放 10 块钱。放到第 20 天的时候，我妈成了他的女朋友。

有关那个美国人的事，我知道得很少。因为我妈不愿意提起他。

据说还是请过来的技术专家。我妈以为那个美国人会带她去国外。可我妈怀孕了，那个美国人却不辞而别，回国了。我妈怀孕 4 个月，肚子大起来才被我外婆发现。家里气坏了，强行拉她去打了胎。事情闹得沸沸扬扬。我妈在家里休息了一段时间，说是养身体，其实也是有意避风头。

一天下午，有人来敲家门。我外公外婆都上班去了。

我妈打开门之后有点意外。她问，你谁啊，想干什么？

其实，我妈认识那个人。他是酒店拿行李的门童。不久之后，他成了我爸。

我爸是吉林人，家在大山里，比我妈大4岁。他有两个姐姐，一个弟弟。爷爷是个暴脾气，懒，爱喝酒，爱家暴。我爸8岁那年，爷爷和朋友喝酒，回来的路上，醉倒在路边。一个晚上，冻死了。

那时家里太穷了。我爸上初中被老师指着鼻子嘲笑，气得他辍学，跑出来闯江湖。还好我爸个子高，形象好，做门童做了好几年，那时已是礼宾部的小领班了。

据我爸回忆，我妈第一次上班，穿了条白裙子，坐在白色的钢琴前，弹着德彪西的《月光》。

当然，那时候，我爸并不知道谁是德彪西。他只觉得，我妈长得好看，弹得好听，潺潺的琴音流过来，美得不像在人间。我爸正帮客人送行李，结果被我妈迷住了，呆呆地站在那里，腿都迈不开。

我妈打胎后，有半个多月没上班。我爸听不见《月光》，心里像丢了魂似的。多方打听到我妈的情况，找过来探望。

我妈说："现在想起来，还挺吓人的。莫名其妙被个男的盯上了。但当时没觉得。"我想，可能我爸长了一张憨厚的脸吧。

他手里提着三斤鸡蛋，两斤红糖。20 岁的眼睛，长着 30 岁的鱼尾纹。

我外公开始看不上他的。乡下人，学历低，各方面条件都配不上我妈。可我爸隔三岔五地就去看我妈。给外公家干活，办事。

我妈重新回到酒店弹琴之后，我爸求经理，谢同事，好轮班轮到能送我妈回家。

那时候，我妈正经历着人生的低谷。自己的事业前途不明，周遭又都是闲言碎语。只有我爸，在所有人落井下石的时候，依然把我妈当成仰望的公主。卑微，却坚定地爱着她。

有一次，酒店的火警突然响了，有烟从走廊涌出来。大家不知道发生什么了，全都往外跑。我妈穿着高跟鞋，一着急，把脚崴了。她正疼得站不起来，就看见我爸一个人跑过来了。二话没说，一个公主抱，把我妈抱出了大堂。

我妈说，她被我爸那把傻力气打动了。这个比她大 4 岁的男孩，给了她强大的安全感。

1993 年，我妈顶着家里所有人的反对嫁给了我爸。

如果我妈没闹出过打胎的事，我外公打折她的腿，也不会让她嫁的。但那时她年纪不小了，外面又都是风言风语，外公不得已妥协了。

我们家的第一个房子，是租的。小小的一室户，但有一架钢琴。那是我妈从小弹到大的。平时我妈练琴，我爸就会泡一壶茶，坐在一旁陪着。他就是从那时候开始认识德彪西，认识贝多芬，认识莫扎特。当然，他最爱听的，还是那首《月光》。

有时，很难评说什么样的婚姻才是幸福。我爸是没钱，但我妈嫁给他之后，没受过一丝委屈。他从不让我妈干一点活。饭，他做。衣服，他洗。就连吃完饭的碗，都不让我妈洗。

他说我妈那是搞艺术的手，只能碰琴键子。我妈弹琴久了，手的关节会疼。我爸每天晚上就会烧热水，给我妈泡手。然后再帮她一根手指一根手指的按摩。

1994年春节，我妈第一次跟我爸回老家。藏在大山里的小村子。下了火车，转大客车进山，又坐了5个多小时。我妈感觉自己就像国宝一样，全村家家户户都来看。因为我爸娶回个大城市的老婆，这可是大事。

我奶奶特别喜欢我妈。就像刘姥姥见到林黛玉似的，想摸又不敢，就坐在一边看。

我大姑要摸摸我妈的手，我奶奶就打她说："别动，人家这细皮嫩肉的，让你的大爪子弄折了。"

搞得我妈特别不好意思。

1994年11月，我出生在这个家里。那时候，我爸已经开始做生意了。他开了家东北土特产的店，卖人参、鹿茸什么的。前期的钱，是我两个舅舅借给他的。

为了让我妈和外婆都能好好睡觉。他白天开店，晚上带着我，两三个小时起来一次，给我喂奶，哄我睡觉。

外婆以前对我爸很嫌弃的。但后来，看到我爸对我妈的好。她也就不说什么了。她和我妈说："女人能找个知冷知热的男人，比会赚钱的好。"

我爸的确不会做大买卖，但小生意经营得很好。他卖的特产货真价实。识货的，都愿意到我家店里买。

到了 1996 年，我们家就买了房子了。那时我二舅建议我爸先别买房，拿钱开分店，把生意做大。可我爸说："不行不行，我管那么多店，谁管我老婆孩子啊。"

我二舅说他没出息。而我爸却乐得没出息。

外人都说我爸养了两个女儿。我，还有我妈。在家里，我爸是照顾我们的大家长。不论生活起居，还是出门旅行。我和我妈只负责美就行了。

可慢慢地，我妈的脾气被我爸宠得骄纵起来了，一点不满意就会训我爸。什么菜做咸了，衣服洗黄了，苹果皮没削干净了……有时甚至在街上，她也会因为一些小事，和我爸发脾气。而我爸永远笑脸相迎，说："对不起，对不起，我马上改。"

记得我 5 岁那年的中秋，去我外公家吃饭。因为我爸忘了把送我外公的酒带过来，我妈大发雷霆。我爸回家取的时候，我外婆说我妈，你不能这样。一家人，他不记得，你就帮他记着。再说了，男人在外面，你要给他留脸面。我妈就说："他要受不了可以走啊，我又没拦着。"

真是应了那句歌词，被偏爱的，有恃无恐。

时间转进2003年。我妈在一所音乐学校里当老师。那时她得了腱鞘炎，弹钢琴的职业病。后来严重到手腕一用力就会痛，一度琴都不能弹。那是我妈脾气最坏的时候，稍不顺心，就骂我爸。

我特别为我爸鸣不平。因为我妈暴发的原因，越来越莫名其妙。有一次，我问我爸，你为什么不生气呢？

我爸说："你妈是艺术家。艺术家当然要有脾气了。我脸皮厚的，让她骂两句无所谓。她开心就行。"

现在回想起来，我爸是一直在仰望着我妈吧。他一个从山沟里走出来的小男孩，小时候，被我爷爷吊起来打；在学校，被老师指着鼻子骂；在酒店，被经理各种欺负……他的前半生，一直游走在社会的最底层，经历了太多的不公正。他是从认识我妈之后，人生才开始转变的。我妈能嫁给他，就像是天方夜谭里的梦。所以，在他眼里，被我妈骂两句真不算什么。他最怕的是，我妈一个不高兴，梦就要醒了。

2005年，我妈生日的时候，我爸买了条狗当礼物。那是一只小边牧，特别可爱。可因为这条狗，我妈发了很大的脾气。她质问我爸，为什么不和她商量就带个活物回来。后来，还是我特别喜欢才留下来。我给它取名，小二。

也是那一年，我爸开始有点懒了。有时候，早晨会睡过头，没有给我和妈妈做早饭。感冒发烧也多起来。5月，天气热了，我妈发现我爸左胸下面又红又肿。我爸说，火疖子，没事。可到了8月，肿的地方流出了脓。我妈这才觉得有点不对劲，催着我爸去医院做检查。谁能想得到，一个大男人，竟然得了乳腺癌，晚期。查出来，就已经转移了。无力回天。

印象里，我妈只发了一次脾气。在医院，她气汹汹地把报告摔在我爸面前说，"让你早点来你不来，你让我们母女以后怎么办！"我爸像往常一样温柔地笑着。只是这次，他有点不知道要怎么哄我妈了。

他说："我错了，对不起。"

我妈黑着脸，突然眼泪就下来了。她想抱我爸，又怕碰疼他。然后我爸就伸手，把我和我妈都揽进了怀里。三个人在走廊里哭成了一团。

我爸手术安排在了9月。手术前，他把店关了，处理了存货。然后和我妈说，他想回老家看看。

本来他要一个人回去，我和我妈都不同意。请了假，一起和他回了东北。

火车上，我妈去厕所的时候，我爸和我说："爸爸想拜托你一件事行不行？"

我说："行，交给我。"

我爸就笑，说："那我就把你妈交给你了。爸爸手术之后，就没力气了。要是妈妈手疼，你就替爸爸揉一揉。她要是不开心，你就替爸爸哄一哄。她要是发脾气……"

我学着我爸的口吻接话："对不起，对不起，我错了，你不要生气了。"

我爸摸我的头，微微地笑，眼里全是细细碎碎的小星光。

我的眼泪就这样出来了。

9 月的南方还是夏天的样子，可北方的小村子，已经有秋天的意思了。夜晚特别凉。山上的阔叶林，次第变成了黄色、橙色和红色。

我爸和大家聚了聚，然后趁着夜色，一个人悄悄上了山。等家人找到他的时候，他已经安静地离开了。

奶奶说："叶落归根。什么地方来，什么地方去。"

显然我爸这次回来，就是有意"归根了"。他不想成为我妈的累赘。他只允许自己给我妈幸福，不允许自己给我妈麻烦。

那几天，我和我妈一直在哭。哭着睡着，睁开眼睛就掉眼泪。我们三个人来的，回去就成两个了。走的时候，我奶奶给我们带了好多东西。奶奶说，可怜你们母女两个了。我妈扑通给我奶奶跪下了。她什么都没说，流着泪给我奶奶磕了三个头。

我妈一直不太喜欢小二。但自从我爸走了之后，她变得特别爱它。每天管它吃饭，按时给它洗澡。晚上看电视的时候，总要搂着它。

其实，我爸看错我妈了。曾经，他那么担心自己不在了，没人能安抚住我妈的脾气。可事实上，没有了我爸，我妈不爱发脾气了。她变了很多。或者说，她开始重新学习生活。打理家务，照顾我的起居，学习炒菜做饭。

我妈开始炒的菜特别难吃，难以下咽地难吃。有一天，我放学回来，她做了红烧肉。闻着还挺香的。可是端上来，我俩谁都不愿意动筷子，因为很苦。我们都捡另一盘青菜吃。

饭后，我妈把红烧肉倒了，一边洗碗，一边无声地哭。

我发现，我爸也看错我了。我没本事像他那样，哄我妈开心。我妈哭，我也哭得说不出话。

唯一继承他的，也就只有小二了。说来也奇怪，小二对我妈的情绪特别敏感，一听到我妈哭，它就会跑过去蹭我妈的腿，发出吭吭叽叽的叫声。仿佛某人委屈巴拉地在说，对不起，是我错了，不要生气了。

我爸去世后的第一年，就有说媒的上门了。那时我妈 37 岁。因为从不操持家务，她看起来比同龄人年轻太多了。

其实不用介绍，追她的人也很多。其中不乏条件相当好的。但我妈一一拒绝。她把自己的世界，关上了门，只守着我和小二过日子。那几年，我妈一直和我奶奶有联系。逢年过节，我妈就会给我奶奶寄钱。

奶奶也会给我们寄好吃的。都是山里的特产。高中前的暑假，我妈还带着我，去看望奶奶。我在山里，整整疯了一个月。

我爸去世后的第6年，奶奶过世。我正读高三。我妈依然带着我，千里迢迢回东北奔丧。村里人都说我妈这个媳妇有良心，我妈只说，都是应该的。

大学，我考去了上海。我妈送我去的。她回家之前，我们去避风塘吃了饭。我打趣她说，我这个小包袱甩掉了，你也该再考虑考虑终身大事了啊。

那一年，我妈44岁。身材保持得很好，又有艺术加成，我室友都以为她是我姐。不恋爱，真的可惜了。可我妈却嫌我多事。

后来，她问我，"你还怪妈妈不？"

我说："怪你什么呀？"

我妈说："怪我不关心你爸。"

其实，我一点都不记得了。可我妈说，在我爸的灵堂上，我哭着说她从没关心过我爸。我爸都得癌了，她都不知道。

我说她太自私了，把我爸害死了。

也许是记忆出现偏差了吧，我真的不记得自己说过那些话。但我妈记得，一直记得。这些年，她仿佛一直在暗暗弥补当初的过失。她学着做一个好媳妇，一个好妈妈。

我妈对我说："确实是我没做好，对不起你爸。他身上发生了那么大的变化，我都没注意到，是我太不在意他了。"

我爸曾悄悄嘱咐我，要我照顾好妈妈。可没想到，我妈却悄悄改变了她自己。

我爸去世后的第9年，我交了男朋友。同乡联谊的时候认识的。他人挺好的，很朴实。父母都是公务员。他早我一年毕业，回去考公上岸。我保研成功，又在校园里待了两年。毕业考进了家国企，还不错。

而我妈，仍是一人，一狗，守着一个家。

我爸去世后第13年，小二13岁。对于狗来说，已经进入暮年了，它越来越没精神。

我妈经常抱着小二不肯松手。不说话，只有眼泪默默地流。

小二坚持了一年多。最后的日子，不吃不喝，只剩一口气。临走前，它忽然就挣扎着抬起头，温柔地看向我妈。

我妈一瞬间崩溃了。她把小二抱在怀里，失声痛哭。

她说："孩子，别怕，那边有人等着你呢！"

我爸去世后的第 15 年，我结婚了。婚礼前的晚上，我妈一直跟着我收拾东西。她特别爱看我的婚纱照，因为她和我爸没拍过。

想想自己都成家了，我妈还是一个人。不由得心疼她。我说，爸都走那么久了，你还放不下啊？

我妈说："有多久啊，一辈子了吗？我一直觉得你爸没离开我。他就是和我赌气，要教训我一下。谁让我不珍惜他。"

以前，我觉得我妈不愿再婚，是找不到比我爸更爱她的男人。可直到那时我才明白，有些爱，永远不会消失。不会因为某一个人的离开，就消弭在过去。也不会在将来，被某一个人所替代。爱过，并一定是过去式，有时它也是进行时。

2022 年，我爸去世的第 17 年。我怀孕了，老公给我买了一架钢琴，说是用来胎教。有天我妈来看我，阳光透过落地窗照进来，折起金色的雾。我妈坐在那片金雾中，弹了一曲《月光》。

好久不听她弹琴了，还是那么柔丽轻盈，像缓缓逆流的时光。她穿着白色的连衣裙，挽起公主一样的长发。我爸仿佛根本没有离开，他还是那个毛头小伙子，被我妈迷住了。那一曲，就是一世；那一眼，就是万年。

这一年，我妈 53 岁了。她的心却永远留在了我爸那儿。因为被我爸那样郑重地爱过，其他人都变成了将就，而我妈不想将就。

喜欢看我妈说起我爸的样子，多少年了，仍然嘴角含笑，宛若少女，好像那个爱她的男人，从来就没有离开过。

空心老人

我妈是 2021 年 6 月说头有点晕的。那时候，她跟着哥哥住在上海。人上了年纪，多多少少总会有些小毛病。去了附近的医院，没查出什么问题。可我妈觉得越来越难受，晚上睡觉，身体都不能动了。我哥就真有点担心了。

7 月初，他专门请了一天假，和我爸一起带着我妈去三甲医院做了检查。周二去做的，要周三才能出结果。可我哥第二天不能再请假了，就让我嫂子去拿报告。

我妈很担心，总感觉身体不对劲。然而我嫂子没太当回事，觉得我妈喜欢胡思乱想。之前，她答应第二天带女儿出去玩的，所以一大早就出门了。下午 4 点才回来，报告自然是没拿。

我妈问她。她有点不耐烦，说："着急的话，让你儿子拿去。"

我妈就给我哥打了电话。平时我哥上班，我妈是不会打扰他的。那天看来是真的有点急了。

我哥安慰她："没事，明天我给你去取。"

可放下电话，我妈心里更堵了，又问了一遍我嫂子，什么时候去取。

嫂子脾气上来了，呛了我妈两句，说这个家又不是围着她一个人转，有空肯定给她取的。

我妈不说话了，一个人去做饭。饭菜端上来的时候，我嫂子刚好在厕所。

我妈就和我侄女说："奶奶去倒垃圾，你和你妈先吃吧。"说完，她就拎着分好的干湿垃圾下楼了。之后，她就没有回来。

是的，为了一个没有及时取的检查报告，我妈离家出走了。

我妈以前是个特别温和的人，性格并不执拗，更不会闹什么离家出走。她是 1965 年生人。

像她这个年纪的同龄人，多多少少都上过几天学。可我妈是文盲。

我家以前在安徽一个非常偏僻的小村子。贫穷，落后，父母家里都各有 9 个兄妹。我外婆去世得早，我妈是家里的老大。她辛辛苦苦把 8 个弟妹带大，没机会读书。到了 20 岁，相亲嫁给了我爸。

嫁人后，日子也并不轻松。毕竟那个年代，农村真的太苦了。1987 年，我哥出世。1989 年，又生下我。我爸为了多挣点钱，外出做起了木工。于是家里耕种农田的事，全放在了我妈一个人身上。

每天早晨 4 点多，我妈就出门干活了。然后每隔两个小时，回来看看我们兄妹。晚上，给我们做完晚饭，她还要打理烟叶到半夜一点，等到赶集的时候拿去卖钱。这样贫苦而劳累的日子，坚持了许多年。

可是，即便这么艰难，我妈仍然让我和我哥上学。她常和我们说，自己就是吃了没读书的亏，一辈子只能种地。你们都要好好学，爸妈砸锅卖铁，也要供你们。

我哥是不爱学习的。男孩子总要淘气一点。而我从小就刻苦。可能，女孩子更懂得学习的来之不易吧。眼看着同村的女孩，一个一个地辍学。我不敢松懈。

不夸张地说，我上高中的时候，以前小学的同学就有嫁人的了。我与小伙伴的人生因为我妈的坚持，才有了不同。

多少人劝我妈，女孩子读什么书呢，看你家姑娘，连个饭都不会做，以后怎么嫁人。

我妈就说："等我姑娘上了大学，人家抢着要。"

高中，我考到了县里的重点，离家有 4 里路。那时候，我们村到县里还不通车呢。每次开学，我妈就挑着担子送我去。一边是日用品和书本，一边是我的被褥。

半路，我要帮她挑一会儿，她都是不肯的。在她眼里，这辈子所有的苦和累都是该她吃的。因为她要把所有的轻松与快乐，都留给她的孩子。

2006年，我哥考上了湖南的一所大学读专科，学的计算机。两年后，我考上了本省的211，也是计算机系。我们都在学校里认识了另一半。

我哥虽然学习成绩不是特别好，但脑子活络，处理问题的能力很强。毕业后，走南闯北。先去了北京，又南下上海。中间进修了学历，然后凭着超强的工作能力，进了华为。后来有猎头挖他，跳去了一家上市公司。事业渐渐稳定下来。

2012年，在爸妈的资助下，我哥在松江按揭了房子，和谈了多年的女朋友结了婚。嫂子是湖南人。家里条件和我家差不多，一直跟着我哥闯荡，不离不弃。结婚后，我哥把爸妈接去上海，和他们同住。

同年，我毕业了。我和男朋友在深圳有了不错的工作机会，于是一起南下。

那时候，村里人都羡慕我爸妈，供出两个大学生。儿子还能在超一线的上海扎根立足，接他们去享福。那是许多人做梦都梦不到的事。

我和男朋友工作稳定下来后，也想结婚了。男朋友家条件也是比较差。我爸妈就不太同意。特别是我妈，怕我吃苦。

我问她，说："我嫂子家里不也不好吗，你们咋就同意了呢？"

我妈说："那能一样吗？她嫁过来，就是咱们家的人了。你哥能挣就行。你是嫁到别人家去了。妈妈苦了半辈子，好不容易把你培养成大学生，不想你跟个穷小子去受苦。"

其实妈妈在我们老家算是最开明的女人了。舍得供女儿读书，放女儿去奔事业。可限于从小到大的影响，还是被老旧的思想束缚着，摆脱不了"嫁汉吃饭"的观念。

我说："妈，我考大学是为了我自己有能力找个好工作，多挣钱。又不是为了找个有钱人。女人有本事，养男人也可以的。"

我妈就掩嘴笑，说："看把你厉害的，还翻了天了。"

后来，爸妈做了妥协。但还是不放心我定居到深圳，想让我男朋友把房子买在上海。他们认为我俩刚参加工作，还不稳定，将来我要是在深圳干不下去，也能过来上海团聚。

本来这个条件我挺难和男朋友商量的。毕竟在上海买了房，我们还要在深圳租房子。可没想到男朋友毫不犹豫地答应了。

他说："反正都是一线城市。上海能买,也是投资。将来有能力了,再在深圳买呗。"当时我们公司在上海有分公司,领导帮忙疏通,搞定了一切手续。

当然,那时候不论是房价和买房的限制要求,都没现在这么难。

于是2014年,我就在我哥的小区买了房子。年底,我也嫁人了。出嫁前的晚上,我妈一直拉着我的手掉眼泪。她舍不得我,仿佛这一嫁,我就不再是她的女儿了。

我说:"不要难过。现在又不是以前,嫁出去的女儿泼出去的水。我想回来就回来,谁还能拦住我啊。"

我妈被我逗笑了。她说:"咱们一家子打工的打工,学习的学习,总是聚少离多,能在一起的日子太少了。"

我终是被她说得泪目了。生在偏远的小村子,有时不得不面对这样的无奈。要么困死在闭塞与贫穷里,要么就要各自分离奔生活。一家人想整整齐齐的,太不容易了。

不过,那时还是太年轻了。没有在妈妈对我的不舍里,察觉出她生活里的困境。毕竟在所有人眼里,从不起眼的小山村到繁华的大上海生活,该是幸福的。可事实上,并不一定。

我爸到上海后,很快就在一家工厂找了份工作。毕竟他一直在外面打工,适应能力很强。而我妈不行。

从小就没出过县城，人生大部分时光都在小村子里度过。她连普通话都不会说。平时买东西都很费力，更别说找工作了。

白天，家里人都要上班，我妈自己一个人在家。晚上，我爸我哥都要很晚才能回来。只有我嫂子还算早一点，可她也有自己的小圈子。

闭塞的村子再小，对于我妈来说，也是她熟悉又自由的小天地。而上海无论多么繁华与便利，都与我妈无关。她语言不通，又不识字，下楼连小区大门都不敢出。别人以为她来上海享儿子的福，可事实上，她却囚禁在一方小小的三室一厅里。

我后来才知道，我结婚之前，我妈就想回老家了。我爸都准备和她一起回去了，可是我嫂子怀孕了。

嫂子的妈妈远在湖南，还有工作，伺候月子，后续带孩子，肯定是不能长期住。所以，我妈还是留了下来。

2015 年，嫂子生下一个女儿。家族里新一代到来的喜悦，悄悄掩盖了我妈不被他人知晓的孤寂。

深圳和上海相隔太远了。平时通通电话，我完全没察觉到我妈情绪上的变化。直到 2019 年，我怀孕了。因为没人照顾，我去了上海。毕竟亲人和房子都在那边。老公请假送我过去的，我妈跟着我哥去机场接我。

看见我妈的第一眼，就感觉她老太多了。虽然我妈以前在家种田操劳，但身上有种勤奋的劲头，看起来总是精神饱满的样子。

在上海这几年，人是白了一点。可整个人木讷了许多，动作也没以前利落了。

晚上，我哥请我和老公吃饭。侄女4岁，正是坐不住的年纪。我妈和我说话的时候，一眼没看见，侄女就溜下凳子，钻到桌子下面去了。

我妈正招呼她出来，就听见我嫂子一声呵斥，你看孩子看哪去了！

我妈明显一哆嗦。

我都愣住了。这是媳妇和婆婆说话该有的口气吗？

我忍不住问："怎么和妈说话这么冲啊？"

嫂子讪讪地说："我这不是着急嘛。"

在我的印象里，嫂子是那种热情开朗的人。平时热热闹闹的，虽然泼辣，但没见她这么凌厉过。

养胎的时候，我妈来照顾我，才和我说了这几年的情况。嫂子自从怀孕后就不上班了，加了各种宝妈群。慢慢地，吃的用的，全上了档次，对我妈也就开始各种嫌弃。本来我妈就要带孩子，还嫌我妈活儿干得不好。什么地没拖干净了，碗洗完还是油的了，衣服只能用洗衣液了……

我生气地说："她不记得以前拿肥皂洗衣服我还记得呢，这才几年就忘本了！"

我妈安抚我说："算了算了，你哥因为我，没少和她吵架。家里还是以和为贵。"

虽然我没有和嫂子直接吵架，但我生孩子这一年，一直看着我妈。但凡让我看见嫂子出言不逊，我必定维护。

我嫂子多少也有些收敛。

说实话，我心里是有气的。我妈这个人性子温和软弱。我爸和我哥在家里的时间少，我妈大部分时间都是和嫂子在一起。几年下来，我妈听见嫂子大声说话都会抖，平时肯定没少受她气。

2020 年，我生下一个女儿。过完春节，我的假也用完了，要回深圳。可我放心不下我妈。

我说："要不你陪我回去，帮我带带孩子吧。我女儿太小了。"

我妈还没搭腔，嫂子立马说："好好，你快帮你女儿去。"

我妈无声地看了她一眼，说："好，我跟我闺女走。"

就这样，我回深圳的时候，把我妈带回来了。我以为有我的陪伴，妈妈会开心起来。可事实远非想象。我一回深圳就要上班了，我老公也非常忙。虽然我们主观上都想对我妈好，但客观上，每天家里就剩下我妈一个人和一个不会说话的孩子。生活圈子比上海还要小，上海至少还有我爸。慢慢地，我妈变得越来越敏感了。

有一次，下班回来特别累，和我妈聊天的时候，就没了笑脸。

我完全没有注意到。可我妈却开始叹气了，说小时候，白疼我了。

我解释说："我上班挨了领导的训。"

我妈这才好一些。后来，我和老公私下说，要多关心关心妈。

我老公也蛮积极的，每个周末都组织我们去游玩，去逛街。可我妈并没有改观，反倒更加多愁善感了。

有一次，我们吃饭回来。老公抱着女儿，我拎着包。我妈拿着门禁卡开门，几次都不成功。

我逗她说："看你这老太太笨的。"

本来就是句玩笑，以前也是开过的。可我妈眼泪一下掉下来。她说我变了，看不起她了。那么多的书都白读了。

我老公忙打圆场，说我是开玩笑。

而我呢，第一次没有安慰我妈。

说心里话，我有些生我妈的气。我嫂子那么对她，她都天天忍着，要以和为贵。而我和老公尽可能地对她好，她却鸡蛋里挑骨头。

那天晚上，老公问我，你说："妈是不是想爸了？"

其实，有些话，我没和我老公讲。我妈想我爸是一方面，在她心里，还有一个原因。就是人老了，得跟着儿子。女儿家再好，也是外姓人。

眼看我妈的情绪越来越不好，春节的时候，我不得已，送她回了上海。我妈回去，见到我爸和我哥，可高兴了。我心里有一点轻松，又有一点堵。

回深圳之前，我妈和我说了一夜的话。大概是了解了我的婚姻生活，开始指点我。她说我不太会经营家，女人嘛，不要一心在事业上，男人早晚受不了。头胎是个女儿，就要加把劲了，赶紧再生个二胎。没儿子的女人，都拴不住男人。你看你嫂子那么厉害，也准备生老二呢，不也是怕你哥不要她。

我默默点头，没争辩，只是心里为我妈难过起来。我妈竭尽全力把我推出了农村，见识了世界。可某些旧有的老思想，埋在她心里，拔不了根了。

2021年，我和我妈联系比较少。一是不想听她的"驯夫计"，怕她催我生孩子；二是也有一点赌气，觉得她到底把我当成"泼出去的水"。

6月快放暑假的时候，我妈和我说她头晕。

我问她："和我哥说了没有。"

她说："你哥哥忙，去了次小医院，不想再麻烦他。"

7月又通了一次话，她说晕得厉害。这次和我爸我哥都说了，预约了去医院检查。

她问我，"你说，会不会是什么大毛病？"

其实我和我哥沟通过了，我哥告诉我没什么。

我说："你别想那些有的没的，听医生的好不好？"

她自己嘟囔了一句，我的身体我知道。你们都一个样，不当个事。然后就挂了。

那是我和我妈最后一次通话。

周三晚上 7 点，我哥给我打电话，问："知不知道妈去哪了？"

当时我正在做饭，老公看到手机震动，替我接的电话。我俩都觉得我哥问得奇怪，于是老公回："哥，出什么事了，怎么问我们妈去哪儿了啊？"

我哥说妈妈傍晚倒垃圾就没回来，他和我爸正在外面找，然后挂了。

我一听，急了，给嫂子打电话，问她怎么回事。

她急吼吼地说我，别添乱了。你妈这么大岁数还搞离家出走，真是离谱！已经去调监控了。

我像热锅上的蚂蚁一样，安静不下来。直到晚上１０点，接到我爸的电话，他声音沙沙地，喊了一声闺女，就说不出话了。

我眼泪哗地一下就蹦出来了，颤声说："爸，你别吓我。"

我爸说："你妈……投湖自尽了！"

我一口气闭过去，差点晕倒在地上，老公扶住了我。

我也是后来才知道，一个知名博主刚好路过现场，他发了微博，我妈的事上了同城热搜。大家都在讨论背后的真相。

我看得泪流满面。我妈去了小区旁边的一个公园。那里有一汪碧绿的湖。看监控的时间，她应该在湖边，站了很久。

我不知道我妈都在想些什么。

老公与儿子不容易，为了赚钱很辛苦。她不能打扰。身边的儿媳厉害得要死，问一句骂十句，得罪不起。远在深圳的女儿呢，应该是生她气了吧，嫌她啰唆，嫌她催二胎。

想一想，她在这个世界上，好像有点多余了。她辛苦了一辈子，不就是图个儿女平安，成家立业，走出山沟吗？她圆满了。如今她头晕得厉害，怕是什么大病的前兆。本来别人就厌烦她，她不想再活成谁的累赘。湖水静静幽幽，像一匹暗绿丝绸，夕阳在上面洒了把碎金子，星星点点，迷离眩惑。

我常想，妈妈踏出那一步的时候，不知是死亡吧。只以为是一次小小的别离，一场瑰丽的解脱。也许就像她说的，我们这个家，从来都是聚少离多，总有人在团聚之后，奔去新的远方。

一直没法原谅自己，后悔送我妈回去。第一次那么真切地体会什么叫生与死只在一念之差。

我妈走了快一年了，全家人好像都走不出来。我爸那么死板忠厚的一个人，每次打电话，提起我妈，都会哭。我哥和嫂子闹了几次离婚，最后都被亲戚拦下了。毕竟他们的孩子太小。据说嫂子后悔了的，在我妈坟前，哭过，道歉过。可又能怎样呢。我们几个人再怎么忏悔都救不回妈妈了。

我妈走后，我时不时地会找我爸聊聊天。我爸那个人很闷的，平时面对面，都说不上几句。可我总是想办法逗逗他，哪怕听他说一句，我挺好的，你放心吧。

2022年秋天的时候，偶然看到一则新闻。说现在比起空巢老人，空心老人更难熬。空巢，只是儿女不在身边。而所谓空心，老人觉得活着没有目标，生活没有意义。一瞬间就想到了我妈。

那个体检报告，我哥去取回来了。没有任何病症，只是颈椎有一点直。

其实真正压死我妈的，是内心的孤独吧。她以为这个世界上，没人再爱她。她以为自己付出一生的家抛弃了她。

我好想亲口告诉妈妈，我们都很爱她。只是生活颠沛流离，让我们忘记了如何表达，让我们忽略了对她的关心。

我们年轻人换个城市，尚且需要时间去适应。何况像我妈这种大半辈子生活在山沟里的农村妇女。外面的世界太精彩，可她的世界很小很小啊，根本融不进大上海。而我和老公，哥哥还有嫂子，并没有注意到她的迷茫和痛苦。在我们眼里，一直以为她还是那个超人一样的妈妈。

我在心里跟我妈说了无数遍对不起。多么希望一觉醒来，我妈摸着我的头说，傻丫头，有什么对不起的。你是妈的骄傲啊。

可这终究只是个奢侈的梦。

我和我哥成了我妈的骄傲，可我们再也没有妈妈了。

走不散的相伴

我有个哥哥，我俩相差 9 岁。我刚出生的时候，他就已经上小学了。

2017 年 1 月 20 日，小年夜。我在微信上给他拜早年，他隔了许久才回我。他说："荷荷，谢谢你，也给你拜年了。"

我看着那行字，心里有点难过。曾经哥哥和我是最亲密的伙伴，可不知道从什么时候开始，我们却慢慢疏远了。

小时候总盼着长大，可真长大了，却发现一路丢失的东西实在太多。

小学的时候，最喜欢背那句"两京锁钥无双地，万里长城第一关"的诗。因为天下第一关山海关，就在我老家秦皇岛。

那时候，我家还住在平房里，门前是条逼仄的小巷。我爸读了高中，毕业进了一家工厂，是多年的先进工作者。经厂领导介绍，他和我妈相识结婚了。

我妈是大学生，厂里是按干部培养的。1982年，她生下我哥后，并不准备要老二。

我奶奶很传统，觉得多子多孙是福气。常和我妈吹风，说给老大生个伴。父母不能陪孩子一辈子，只有兄弟姐妹能。

1990年，工厂倒闭。我爸买断工龄，出来自谋生路，做卖海产品的小生意。

我妈那时候在家待着有点迷茫。曾经是前途无量的小干部，突然没了工作，她心里有点接受不了。

有一天，我哥放学回来，和我妈说，他一个同学家里生了小妹妹，特别可爱。我妈看着他喜欢的样子，觉得反正在家无事可做，决定再生一个。

于是1991年，我出生了。家里都说，我是我哥要来的。

我爸说，我哥从小就喜欢照顾我。每天放学回来，会抢着给我喂奶，换尿布。我要是有个病什么的，他比爸妈还紧张。用现在的话来说，就是可爱的小暖男吧。

我5岁那年，妈妈因癌症去世。那时的我，尚不知道这意味着什么。只知道从那以后，每天早晨送我去幼儿园的人换成了我爸。

下午，我哥放学就骑着车来接我。后来，我上了小学，也都是他接我回家。那时我哥已经上中学了。瘦瘦的，穿着永远洗不干净的校服。上面有深蓝的钢笔水点子，踢球粘上的汗和土。他的车子总是骑得飞快，不像爸爸那样慢吞吞的。风从我耳边掠过去，痒酥酥的。

特别喜欢夏天，路过小卖店的时候，我哥总会停下来，拿他的零花钱买两根雪糕。两人吃得很满足。

因为哥哥，我的童年是色彩斑斓的。

清明时节，我爸带着我和哥哥去山上，给妈妈扫墓。其实我爸不怎么和我说妈妈的事，都是哥哥讲给我的。他不厌其烦地告诉我，妈妈怎么心疼我，怎么对我好。他说我小时候，喜欢揪妈妈的头发，不揪着不睡觉。妈妈就任由我揪，揪得头发像个鸟窝。

许多年后，我和我哥提起来。他很认真地说："你那时候太小了，我就是怕你忘了妈妈呀。我想着，我天天和你说，你就能记住妈妈什么样子，记住妈妈对你的好。"

我想他可能成功了吧。人的记忆真的好奇怪。我常听哥哥讲妈妈，这些记忆好像就慢慢成了我的。每次提起我妈，我脑海里就会浮现出我揪我妈头发的样子。小小的手，握住她一缕黑色的发。

她嚷着，哎哟，好痛哦，可脸上全是温柔的笑。

2001 年，我哥考上了北航。这是一件大事。那时我已经上五年级了。我爸生意做大了，赚了钱。他办了盛大的谢师宴招待老师和亲戚朋友。

我是为哥哥骄傲的，可私心里又舍不得他走。因为从小我爸就在忙他的生意，都是哥哥带着我玩，辅导我功课。他是我的哥哥，也是我的朋友、我的老师，他几乎扮演了我生活里全部的角色。所以，我有点接受不了他的远离。

哥哥显然看出了我的心事。晚上，他带我去他的房间，指着他的一大摞书，说："这些都给你了。你好好学，将来也考到北京来。我在北京等着你。"

我异想天开地说："要不你带着我去北京读书吧。"

我哥就哈哈地笑了。他说："我倒是想啊，北京哪那么好进啊！要是容易，全国人民还不得去一半。"

那一天哥哥大笑的样子，在我脑子里留下了深刻的印记。帅气、明朗、张扬，像一缕蓬勃的阳光。

其实那时候，我一直很怕我哥谈恋爱的。小女孩子的心思，总觉得哥哥是专属我的，永远霸占他，不想他去爱别人。可是没想到，我爸比我哥先恋爱了。

我哥上大学后，我爸和一个离过婚的陈阿姨有了感情。那是 2003 年，我爸也才 40 多。人之常情，我能理解。可是我哥暑假回来，知道了，很正式地和我爸谈了一次话。

他说："我不反对你二婚。可荷荷还小，能不能等她上了大学。说心里话，后妈到底什么样，我们也不知道。万一你们不合，折腾起来，你可以离婚，可荷荷人生最关键的几年就被影响了，你说对不对？"

我爸说："那等她上大学，我可就 50 了。"

哥哥说："好饭不怕晚嘛，谁让你那么晚生荷荷的？"

我爸被气笑了。他说："是是是，怪我。"

之后他再没提再婚的事。那是第一次觉得哥哥成熟了，像个大人一样，谈吐，口吻，有了成年人的魅力。

但心里也小小地咯噔一下。因为，我们之间终于拉开了距离。以前，即便他比我大9岁，他仍然和我一样，同属于孩子。可那一年，他独自长到成人的世界里去了。

晚上，我哥请我去吃烤串，用他课余补课的钱。他给我讲北京有多好，学习要多努力。像个和蔼可亲的班主任。

挺开心的，可是少了小时候的那种坐在路边吃雪糕的快乐。肆无忌惮的少年转眼变成了长辈，而我却还是没有长大的小小少女。

初中的日子有点不太好过。因为我和我哥一个学校。他曾经的班主任，是我现在的年级主任。作为一个优等生的妹妹，时常被拿来比较。你看看你哥，当时多刻苦，考上 985、211。你也好好学学。可能是叛逆期吧，这种话听多了，开始逆反了。

正是超级女声火的那两年。我迷上了选秀。投票、打榜，成绩从年级前几，滑到中游。

2005年，我哥毕业，进了一家前景不错、可以解决户口住房的单位。等跑完工作，已经快十月了。他回了家，看到我的时候，倒吸一口凉气。因为我剪了头发，留着那年夏天最流行的发型。

现在回想起来，还蛮羞耻的。可当时觉得自己酷极了。而我哥呢，也给了我一个不小的意外。他带着女朋友回来了。

她叫费玲。费玲是北京人，我哥同学。她是家里的独生女，有些清冷傲气。

她说："哎哟喂，这就是你妹妹，真洋气呀。"

我哥的脸，红了，嘴角挂着讪讪的笑。我一下意识到，我让他丢脸了。尽管我哥始终不肯承认，可我感觉得到，他在费玲面前是有一点自卑的。而我偏偏在他第一次带费玲上门时，顶着一头奇怪的发型。

那次他回来，我们兄妹破天荒地没有单独聊天吃饭。也许他要陪着费玲，也许他还有别的事要办。总之，他在家里住了一个星期就回北京了。

走的时候，我哥对我说："荷荷，把头发好好整整。"

我说："你别土了，现在流行。"

那年，我哥回北京后，给我写了一封长信。

他说妈妈是大学生。我们作为她的子女，不能丢她的脸。他还说，爸爸为了我，婚都不结了，我不该辜负他的付出。最后，他问我，还记得小时候的约定吗？哥哥还在北京等你。随信他寄了一张香山红叶的书签，很美，很漂亮。

我读完信，默默哭了。可以说，我爸就是个生意人。他的人生经历决定了他并不看重学习。尤其我哥已经定居北京，他希望我留在他身边，接手他的海产生意。

只有我哥，一直在督促我。他提醒我不要忘记，我是妈妈的女儿，不读大学会是一生的遗憾。

心里忽然就充实了，不想再叛逆。中考凭着以前的底子和运气，进了重点高中，开启了奋战的 3 年。

2007 年，我哥结了婚。费玲成了我嫂子。

2009 年，我参加高考，成绩还好，压线考上北京第二外国语学院。

就这样，我完成了当年的约定，和我哥在北京会合了。

我到北京的前几个月，每个周末，都会去我哥家里吃饭。顺便把脏衣服带去，放洗衣机里洗。我哥会变着花样地给我做好吃的，走的时候，还会给我带一大堆零食。开始就当小时候一样，没心没肺地快乐。但后来发现嫂子开始没来由地呛我哥。那时我年纪不小了，多少看得懂婚姻中那些不明所以的较量。有些气，就是生给我看的。

晚上，和我室友吐槽，说我嫂子太小气。我上铺的一个女孩说，是我不懂事。兄妹再亲，成家了就要有界限感。大好周末，二人世界，每次来个电灯泡算怎么回事。

人与人之间的相处是有惯性的。比如我和我哥之间的亲密无间。直到别人推了我一把，我才反应过来哥哥已经有了自己的家，再也不能像从前那样不分你我了。

心里是怅然的，有种自己最心爱的东西，被别人拿走的失落。但我也明白，这是必然的。

我们哲学老师说，人都是孤独的，因为没有人可以陪你走完全程。认清这一点，就会明白，人生所有的陪伴都是告别。

可怕的悲观主义者，但我也没法反驳。

后来，我很少去找我哥了。推说学校活动多，功课忙。一个月只去见一次。嫂子又变得客客气气了，只是那份客气，越发推着我和哥哥疏离了。

2012年，我哥的儿子出生了。那一年，嫂子29岁。她工作之后，又脱产读研，毕业后才开始备孕。

我爸高兴坏了。那时候，他已经和陈阿姨低调结婚。只领了证，没摆酒。

他俩在北京住了一段时间，天天看孙子。

2013 年，我大学毕业。我哥一直鼓励我在北京找工作。可实话实说，我不是他。凭我的能力，落户北京几乎是不可能的。可我也不想就这么回老家。

我在北京混迹了两年，做过各种各样的工作，当过翻译，也当过产业需求分析师。和我哥见面就更少了。一见面他就数落我，人生没有目标，没有事业心。不愧是比我大 9 岁的人，总是比我先进化到下一个阶段去。

我说："你再唠叨，都要成楼下老大爷了。"这一点，我嫂子蛮认同我的。我们都还是自称女生的人，而我哥已经像位亲爱的老父亲了。不过，仔细想想，他从小不就这样吗？9 岁就争着抢着给我换尿布了。

2015 年，我在朋友的聚会上，认识了个刘律师。他工作的那家律师事务所很有名，专接明星的案子。

我特别喜欢听他聊明星八卦。之后，他总带一个人来玩，花名阿 B。我看着阿 B 眼熟，就问他是不是上过电视。他笑，说，都是年轻时候的事了。

其实阿 B 那年没多大，也才 26。当年参加一个网综，签了 10 年合作合同，是刘律师帮他打赢了官司，成了朋友。

遥想初中，我就喜欢追星，有个差点成明星的人出现在我生活里，瞬间点燃了我的热情。

阿 B 现在做幕后，赚不上大钱，也不至于饿死。

我和他认识两个月就在一起了。喜欢看他弹吉他，轻声唱我点的歌。他就像个中华小曲库，点什么，唱什么。机缘巧合，他还带我见了当年我倾情打投过的那位超女，虽然已是半退圈了，依然让人激动，总算做了次追星赢家。

十一的时候，我带他见了我哥。其实这些年，我也恋爱过。学校里一次，工作了一次。但真正带去见我哥的，只有阿B。吃饭的时候，我哥没说什么，晚上他就让我马上分手。

他的评价是，这男孩不靠谱。

我说："你喜欢谁，我没管过。我希望你也不要干涉我。"

他说："胡闹！我把你带出来，我得对你负责。"

我笑着说："你搞搞清楚，是我自己考出来的，不是你带出来的。大家都成年人了，彼此要有界限。"

我没想到，有一天会轮到我说这句话。

我哥气坏了。我们有一个多月没联系。

2016年春节，他没回秦皇岛。他和嫂子约定的，过年轮流过。毕竟嫂子是独生女。

过年，阿B要去丽江。那边有朋友开酒吧，他想入伙。我一定是不会和他分开的，想着告诉我哥，肯定也是不同意。于是干脆就先斩后奏了。

闺蜜说我俩真是爱得又隐忍又痴狂。

我是在微信里和我哥说的。他隔了很久，回了一句话。

他说："你说得对，大家都是成年人了。"

再没回话。悄悄问我嫂子，我哥怎么样。她告诉我，我哥气得只睡了两小时。

心疼他，可打电话他也不接。我俩的关系，就变得更冷了。

2017 年初，阿 B 出了车祸，我离不开了。小年夜，给我哥先发了微信拜早年。他回，荷荷，谢谢你，也给你拜年了。

看得我好难过。不想承认自己被刺激到了，一个人坐在病房前的走廊里掉眼泪。想不出我和我哥如此亲密的兄妹之情，竟然会走到今天这一步。

我追求爱情有什么错吗？为什么要以牺牲亲情为代价。

晚上，和我爸视频。他说不方便，就打字吧。

我爸一贯是懒得打字的，忽然觉得一家人都在排斥我。难受一个晚上，一直做噩梦。阿 B 哼哼着要喝水，也不想理他。

阿 B 一脸委屈。

第二天午后，两点多的时候，酒吧的服务员突然找来医院了。他说："有人找你。"

我正寻思着是谁，就看见我哥进来了。我的眼泪哗地一下冲出来。想装都装不住。

我哭着说："你怎么来了？"

我哥一把将我搂怀里，说："我不是怕你跑了吗，谁知道你愿不愿见我。"

然后我哭得更凶了，我说："我以为你以后不理我了呢。"

他说："大过年的，我哪能让你一个人流落在外面，再怎么说也等过完年。"

我哥拿出纸巾给我擦眼泪。他说："你看你，眼睛都肿了，一会儿让大侄子笑话。"

我一愣，问："我嫂子和侄子也来了？"

我哥笑着，说："不止，爸和陈姨也来了。我们顺便来旅游了。"

那一年，我们家第一次在外旅游过年。他们玩了半个月，每一天，我心里都藏着小小的感动。

一直觉得成人了，我和我哥之间没了小时候那种亲密。其实只是换了一种模式去相处，并不代表我们不再关爱对方了。

可我没想到，我哥他们走后，阿B消失了。

他给我留了一张纸条，写到："你长在这么有爱的家庭，不可能跟着我一辈子没名没分浪迹天涯的。咱俩到此为止，都留个美好的记忆挺好的。"

我当时理解不了阿B的逻辑。直到多年后，我才知道，对于心里有缺口的人来说，遇见太美好的东西，会特别害怕失去，所以宁愿不拥有。阿 B 吃过很多苦，受过很多骗，他根本不相信爱情，也不相信亲情。

我一个人在丽江疯了 3 个月。找一个人，也是等一个人。可阿 B 好像铁了心在避开我，他拉黑了我所有的联系方式。我们所有共同的朋友，也都没有他的消息。

从此他就从我的世界消失了。刘律师说："随他去吧，你俩不合适。"我不肯接受这个事实，一直处在一种颓废的状态里出不来。直到有一天，嫂子给我发来一张截图。是我哥的微信收藏页面，里面的几篇文章都是关于怎么跟长大了的妹妹相处。

我看得泪流满面。嫂子说："回来吧。你哥惦记着你，却又不知道怎么劝你。他每天都睡不好。"

盛夏来临的时候，我回了秦皇岛。那已经是 2017 年 7 月了。最美好的时节，在海边泡了一个月。见过了大世面，发现内心里依然喜欢小城的轻松安逸。

我爸还是想我接他的班。可是我不想。在他公司里待一天，就会觉得自己像条风干的咸鱼。我去了旅游公司，一个月 5000 多块，在小城很好活。

开始相亲，少说也有二十几位男嘉宾，可是合眼缘的没有。直到我相到了钱川。

他是我小学同学。小时候，他胖胖的，像个小地主。现在瘦了，也高了，就是一脸的痘痕，像个没大气层保护的星球。

他说："小学那会儿，我就喜欢你了。"我说："编，接着编。"

他说："真的，放学想送你回家，可是你哥天天接你，我都没机会。那时候，你俩还总坐在路边吃绿舌头。我妈不让我吃，说那是胶水做的，有毒。我在一边偷偷看，把我馋得呦。"

我哈哈地笑起来，只是忽然之间，好想我哥。

我和钱川恋爱了。我们脾气挺合适的，爱玩爱闹，不想生孩子。

2019 年我们办了婚礼。我哥拖家带口地来了。在宴会厅外等待出场的时候，我哥走过来说，有礼物给我。

我说："啥呀？背着我嫂子，给我一个大红包吗？"

我哥故作惊讶地说："呀，你怎么知道？"

他从衣袋里，真的拿出一只红色的荷包。我哥说，荷包是妈妈缝的。妈说等你出嫁的时候，让我给你，保平安的。

我接过来，手都有点抖。那时候我才 5 岁啊，没想到妈妈想得这么远。我问："妈妈还说什么了？"

我哥说："没什么了，妈妈就嘱咐我，妹妹是我要来的。她不在了，让我一定要替她照顾好你。你觉得，我做到了不？"

我绷不住了，抱着我哥掉了眼泪。

我说："你坏心眼了，一会儿我就出场了，妆要哭花的。"

我哥却轻轻拍我的背说："以后是大人了啊，要懂事一点。不过他要是敢欺负你，你一定要跟哥说。"

可恶啊，句句戳我泪点。而我一抬头，发现我哥眼睛里，也全是亮晶晶的泪光。忽然觉得，他还是从前那个厚爱我的少年啊，骑着飞一样的单车，护我一生平安。

2020 年，疫情开始，总是收到坏消息。先是我哥，上班上着就晕倒了。心脏的毛病，还好抢救及时。整整养了大半年。

我爸说："现在的年轻人啊，太少锻炼了，心肺都不行。"

我不想提醒他。我哥已经奔四了，哪里还算是年轻人。

悄悄抹眼泪，然后笑着和我哥视频，让他病好了，赶紧少油少糖滚去健身房。

我哥说："看看，成家了就开始婆婆妈妈了吧。"

2021 年 3 月，旅游公司关门大吉，老板坚持不下去了。我没办法，只能到我爸那里当咸鱼。我爸可高兴了，终于等到他宝贝女儿来接班。

后来，我爸下楼遛弯，遭遇飞来横祸。小区里的小孩子偷大人的摩托车骑，直接把我爸撞飞了。

　　这一年我爸 63 岁。多亏天天锻炼，身体硬实，要不然凶多吉少。

　　我哥一家全回来了。

　　疫情之下，真是过五关斩六将。

　　其实我爸恢复得还挺快的，一个星期就出院了。我们一大家子人，借机又团聚了一回。

　　那天晚饭，陈姨说包饺子。我哥和钱川擀皮，我和嫂子包。我爸躺在床上看着陈姨和他的大孙子玩。我嫂子忽然就感慨起来了。她说："老公，回去再生一胎吧。"

　　我比我哥还惊讶。我说："咋了，咱们高知女性不是不生吗？"

　　我嫂子说："看看你家老爷子，多享福。你们兄妹俩，多远都有个照应。看看前年我爸住院，没把我俩累趴下。"

　　我哥说："那不是托我奶奶的福嘛。她总说多子多孙是福气。父母不能陪孩子一辈子的，只有兄弟姐妹能。"

　　我仰头看我哥。以前听大人说这话，我没什么感觉。可现在，我真的体会到了。人海茫茫，多少人相遇，只是生命里的过客。唯有这一脉血缘，把我和哥哥牢牢系紧。即便相隔千里，即便吵吵闹闹，也是一生不会走失的相伴。随时可以集合，随时可以为对方、为这个家，奔赴同一个地方。

　　谁不是第一次做人

原生家庭不是你的宿命

2016年，大年初十。我妈打电话给我，说她想好了，要和我爸离婚。

我心里翻江倒海，不知该说什么。婚是我建议我妈离的。不是一年两年了，可她真的很会选时间。月底，我就要和方明凯登记结婚了。

但我还是鼓励了她，跟随自己的心去做吧。

挂断电话之后，我想了想，告诉了方明凯。都要成夫妻了，没什么好隐瞒的。

方明凯听了，沉默了一会儿说："这事……先别和我爸妈说，等我们结完婚吧。"

我默默地点了点头。

方明凯的父母都是高干。此刻，我一直努力建设的自信不动声色地裂开了。

我家在哈尔滨，爸妈都在国营肉联厂上班。他们厂子出的红肠，估计全国人民就算没吃过也听过。

我出生在 1990 年。美好的童年时光，都是在厂子的职工大院里度过的。虽然历经改制合并，但肉联厂的效益一直还可以。爸妈都很宠爱我，物质上非常舍得。

我是我们院里第一个有自行车的小朋友，也是第一个有四驱车的小朋友。孩子的世界，新奇的玩具总是比好看的衣服更牛。我成了我们院里当之无愧的孩子王。

时间转进 2005 年，我美好的小日子开始崩溃了。不用说也能猜得到因为什么，幸福家庭的"杀手"大都是外遇。而我正处在中考的关键时刻，遭受了沉重一击。

有外遇的是我爸。我爸年轻的时候，是有名的大帅哥，一米八二，风流倜傥，工作能力也超强。在厂里人见人爱，花见花开。小时候，我非常崇拜他，伟岸、高大。他去开家长会，我都会感到很自豪。然而他在我心里的神话，都是他自己打破的。

最初是我妈发现他出轨的。从此家无宁日，三天两头地吵架。而那个小三也有自己的家庭，在一个小区门口卖手机。

一天晚上，我妈接我下晚自习，忽然接到了小三老公的电话。

我完全搞不懂世界上为什么还有这种男人，竟然骂我妈废物，没把我爸看好了。

我妈和他在电话里吵起来，回家之后气得直哭。

我真是气死了。第二天中午，我去了他们家的店，拿起凳子把他们的玻璃柜台全砸了！

我指着那个男人骂，你个尿包，自己女人都看不住，算什么男人！

我之所以对这件事记忆犹新，是因为那是我性格转变的起点。曾经阳光快乐的小公主，从此一去不复返了。

回想那段可悲的时光，我只想说，作为父母，面对感情问题，要拿得起，放得下。因为有了孩子，就没资格只谈爱情。那时候，虽然和小三已经分了，可我爸坚决要离婚，而我妈抵死不同意。两个人在一起，只有没完没了的争吵。

吵架这种东西，就是个不断秀下限的过程。体面一点点地丢掉，对骂越来越恶毒。后来，动了手。

我妈平时是个特别温柔的人。动手肯定吃亏的。有一次，我爸当着我的面，把我妈按在地上打，踢她肚子，拿烟头烫我妈。

我真的吓疯了。那不是我认识的爸爸，那个从小让我崇拜的父亲。

我哭着求他不要伤害妈妈。我也哭着劝我妈，就离了吧。

可我妈呢？心里还装着老派的从一而终。男人再不好，婚也绝对不能离。就算嫁根扫帚，也是一辈子。

就这样，我在他们的争吵中上了高中，学习成绩一落千丈，性格也渐渐乖张起来。而我爸，离不了婚就做了一件更离谱的事。他跑了。忽然有一天，他谁也没通知，就带着自己的东西离家出走了。他留了信，说是去外地工作了，不要找他。

我妈急得到处找朋友，找亲戚联系，闹得满城风雨，可是没人知道我爸去哪儿了。我妈甚至报了警，可成年人有那封信，就不算失踪人口。

我妈只能死心了，一个人带着我生活。直到半年后的一天，我爸的一个朋友叫我去他家玩。然后，接到了我爸的电话。

那是他安排好的。他告诉我，他在大连做会展项目，挺好的，不要惦记，有什么急事就打这个电话。但是千万不要告诉妈妈。

我当时心理压力超大。不说，觉得背叛了我妈，可说了，又怕我爸再跑。

我终是被卷进了他们的纠葛，变得越来越叛逆。荒废功课，顶撞老师，上课睡觉，下课打架。

那是 2007 年，我高二。重新分班之后，我认识了一个叫白腾的男生。我们恋爱了。

其实不太想说起他，因为他给了我最不愿回忆的青春。白腾很帅，除了学习，什么都不错。那时我正经历着家庭的分崩离析，他的出现，给了我无限的慰藉。

十七八岁的年纪，我就笃定他是我的一生一世。然而，一个帅帅的差生，怎么可能是爱情的良人。我把他当作人生的归宿，而他只把我当作装点的挂件。

我高考成绩不好，凭着以前的底子，考上了沈阳的一所二本。也是那一年，我爸终于和我妈联系了。他说他要在外面闯一闯，先不回家。我妈只能接受。

白腾没读大学，留在了哈尔滨。不久，他和我说找了新女朋友。我痛哭、失眠，甚至自残。可假期回去，他哭着和我道歉。我就原谅了他。这样的戏码，我们周而复始，上演了三次。

其实，大学追我的男生很多。可不论我和白腾的关系是恋着，还是分着，我都丝毫没有动心的感觉。

我朋友说，你被他下蛊了吧。

我说不清楚，只觉自己非常非常爱他，这辈子离不开。

大学毕业，我回了哈尔滨，在一家律师事务所实习。第二年，我拿着全部的存款，又和亲友借了钱，买了房子。

现在回想起来，从那时起，我就开始相信物质与能力带来的安全感了。那些看得到、摸得到的东西，才能让我心安。

2012年，我爸终于回来了。我爷爷奶奶年纪都大了，不想他一直在外漂着。

我以为我妈会和他生气。毕竟他跑了那么多年。可我妈很自然地接纳了他。接风那天，我妈还做了一桌子我爸爱吃的菜，庆祝一家团聚。

我妈举起酒杯就哭了。她说："以后咱们家要好好的。"

我爸眼圈也红了。他说："对，咱们要好好的。"

而我呢。隐隐地，感到一种难言的悲哀。可能是成熟了吧。我警然发觉，不是白腾在我心里下了蛊，而是我爸妈。一次一次劈腿的白腾和我爸有什么两样？而我一次一次的原谅，和我妈又有什么本质的不同？

有时觉得可笑。我曾那么痛恨父母不靠谱的婚姻关系，可我却不自知地复刻了他们的爱情模式。

觉醒不是顿悟。它是一粒种子，埋进心里，需要时间去慢慢发芽。

我爸回来之后，并没有给我一个想象中的家。在我妈的思维里，爸爸年纪上来了，在外面疯也疯够了，总该收心了。可事实上，一个在外面野惯了的男人，更不可能安于一个摇摇欲坠的家。

而且，他还染上了曾经没有的毛病。他开始酗酒。

谁不是第一次做人

经常在外面喝到不省人事，然后就躺在小区的花园里。

妈妈经常半夜拉着我，一起出去找爸爸。有一次我爸喝多了，被拉回家后和我妈吵架。他疯了一样拉开窗要跳下去，嚷着我妈要把他逼疯了。

我吓坏了，冲过去，跪下抱着他的腿号啕大哭。

那时候，我觉得自己的人生就是割裂的。公司里，我是体面成熟的职场新人。可在家里，我仍是那个深陷在父母感情悲剧里的未成年少女。无助、抑郁，几近崩溃。而与此同时，白腾又劈腿了。

还是那套说辞，我们已经没有感觉了。

以前，我会伤心，会痛哭。但那天我没有。8年了，我第一次那么冷静地告诉他，你滚吧，以后你再也不会有机会伤害我了。我与他分分合合这么久，终于以我的决绝，画上了句号。

回头再看，我真的是在爸妈失败的婚姻里觉醒了，一点一点地看清了自己，认清了未来。我从小到大接收到的爱情模式，就是爸妈这样纠缠不休的虐恋。即便我厌恶这样的生活，却不自知地掉进相同的窠臼。

我已经因为他们耽误了高考这样重大的人生关口，再也不想在他们纠缠不清的婚姻里沉沦。那时候，我有意地在情感上和他们做了切割，不再与他们任何一方共情。

没错，我妈是这段婚姻里的受害者。但我毕竟只是一个女儿。我自救还来不及，救不了任何人。我唯一能做的，就是在他们大闹之时劝他们离婚。不合适的两个人，就不要再浪费生命了。

2015 年，我和我的同事恋爱了。他就是方明凯，比我大 3 岁。我在群里找一起健身的伙伴，他前来应约。

我说过，我是割裂的。不论家里有多么狼狈，工作中，始终保持着专业性。尤其在我摆脱了家庭与旧情的困扰，越发地在职场上展现出能力。

方明凯说，喜欢我开朗又自信的样子。

我笑笑不说话。人类复杂而多面，他爱上了我最好的一面。勤奋、干练，给老板彻夜准备材料，备考律师证……

他完全不知道，回到家，我还要面对本不该属于我的狗血鸡毛。

我亲爱的爸爸真是闲不住。回来才几年，他就又出轨了。年过半百，更加干柴烈火，放飞自我。新小三为了他离了婚。他回了家，和我妈大吵大闹。他拿着刀子往自己身上扎，逼我妈和他离。

说实话，看着失控的场面，我还是怕的。但，也没那么怕了。我安抚住我爸，然后劝我妈。我问她，你为什么不离呢？

我妈说："我都这个岁数，离了怎么办？半辈子都这么过来了，老了我不想孤独终老。"

我说："你反过来想想，你都这个岁数了，半辈子耗我爸身上，老了都不想让自己清闲两天吗？孤独终老怎么了？他现在都开始捅自己了，你就不怕哪天他把刀尖调过来。"

我妈怔住了。

有关我爸妈的事，我从没和方明凯说过。他爸爸是市委领导，妈妈在公路局工作，都是受过高等教育的人。不能说他父母没有矛盾，但绝对不可能像我爸妈这样有戏剧性。

在方明凯眼里，我就是普通家庭的女孩，要强努力，开朗热情。不知道我背后藏着多少不能说给外人听的疼。

2015年年底，我们见了双方家长。他爸妈多少带着自上而下的优秀感，开口闭口地"你们家""我们家"。

说实话，我并不为父母的地位差距而自卑。但我唯恐他们知道我爸妈那点破事。因为在外人眼里，不会把父母与你分开看待，只会当作一个整体。

方明凯比我大3岁，他父母很急他的婚姻大事。方明凯认可，他们就积极推动婚事。我们计划着过完年，就登记结婚。

然而大年初十，我妈打来电话，她决定离了。

我一直是支持她离的。可是正值这个当口儿，我不知道该说什么。

当时，我正和方明凯吃饭。他见我神情不对，问我怎么了？

我在心里飞快想了一遍，如果这是一件注定不能隐瞒的秘密，那么最好从最初就讲明白。

我说："我爸妈要离婚了。"

他脸一下黑了，半天才说："这事……先别和我爸妈说，等我们结完婚吧。"

我理解他的顾虑。离异家庭在婚恋市场里难免会被歧视。何况方明凯家是有头有脸的人物。

我和方明凯 2 月底登记。我们爸妈 3 月中，领了离婚证。

婚礼上和和美美，可是暗中涌动的八卦，公婆多少还是听到了。

婚礼后的第二天，婆婆和我讲，婚宴上厕所的时候，她听到别人说我是从糠箩跳进了米箩，嫁得太好了。

我没接话，不想揣测她的意思。总之我的自尊心被打击到了。而我却没法跟任何人提起婆婆听到的八卦。

其实何止婆婆这么想呢，不少人都觉得我嫁给方明凯是高攀了。

扪心自问，除了家庭，我什么都不比他们差。可因为我爸妈的八卦，我还是被婆家不动声色地鄙视了。

家庭聚会的时候，婆婆经常和我说，以前某某领导、某某老总非要把他们家女儿介绍给他儿子。

几乎是明示，我配不上他们家。

而这种来自公婆的鄙视，会潜移默化传导进小家。

记得婚后第一年，和方明凯吵架。他竟然说，你以为你是公主、千金小姐啊，之前都被你骗了。

仿佛追我追得不值得。

凭良心讲，我从来没有说过我家里条件和他相当。是他觉得我谈吐出众，能力优秀，把我想象成名门闺秀。

我质问他，你是律师，说话讲证据。恋爱的时候我骗你什么了？

后来，他和我道歉，说是一时口不择言。

可这些话，讲出来，像刺一样扎在心里，许多年都拔不掉。

其实，可以想象的。像方明凯这样出身的男人，虽然比我大3岁，但心态并不成熟，多少都还有点"妈宝"。毕竟他是从小被父母呵护照顾大的孩子。人生所有的选择和道路，父母都会参与、指引。而我是野草，是自由生长的。我们经历的不同，注定了想法的不同，这是血液里的色差。

婚姻的前几年，我们时常吵架。都是鸡毛蒜皮的小事，而他会直接搬到家庭的微信小群里，让公婆公判。

某一瞬间，我想到了我妈。想到她温暖贤淑了一辈子，得到了什么？我爸的尊重吗？还是想象中的爱情？都没有。

所以从一开始，我就决定不退让。既然他主动拉公婆做主，那我干脆放到家族群里去，好好坏坏一起说。

现在的人，朋友圈上的面子更重要。问题一旦扩大化，谁任性，谁遭殃。

我不知道公婆是不是背后提点方明凯了，还是他自己悟了。总之，慢慢地，有问题，他学会关起门来和我解决了。

说点苍白的话，爱情只是婚姻的一部分。能支持两个人走完一辈子，绝对不是什么无怨无悔的爱，而是不把自己的幸福全部系在另一个人身上。

婚后，我始终没有退回家里。2018 年，生了孩子。很快我就回去上班了。这些年，我考下律师证。律所里，我是老板重点培养的对象。在家里，我和方明凯是夫妻，可出了家门，我们就是同场竞技的同事。

我发展得比方明凯好，收入也比他高。事业上，我可以自豪地说，我赢了。

另外，也感谢婆婆是个明事理的人。我工作上的能力让她刮目相看。曾经，她想要个门当户对的儿媳妇；现在，她觉得有个能力出众的儿媳也不错。家里大事小情的，她都会问问我的意见。诸如买什么电器，添什么东西，最信任的，就是我的眼光。

渐渐地，方明凯和我吵架时的态度也收敛多了。

现在我们还会拌嘴，但他再没居高临下地看我，也不会说什么扎心的话。

今年，情人节的时候，方明凯问我，感觉你没那么爱我。

我说："我不是不爱你，只是不像别的女人那么依赖男人。"

他笑着说："你还留着后手呢？"

我搂住他的脖子说："你能保证爱我一辈子吗？"

他信誓旦旦地说："能啊。我肯定会一辈子对你好，不信啊？"

我笑了，说："信，你说的我都信。"

对不起了，情人节对爱的人说了小谎。可是，我妈吃过的有关爱情与婚姻的苦，已经烙在了我的基因里。我这一生，怕是再没法全心全意地爱一个人。每当我手握幸福的时候，总会隐隐地惧怕，那个美丽而脆弱的幻象。

我永远忘不了，我妈妈一遍又一遍在爱与失望里挣扎的人生。我也忘不了自己，8年分分合合的痛苦初恋。我相信男人说爱我时的真诚，但不相信保质期真的会有一生一世那么长。

其实，这也没什么不好。婚姻原本就不是一个单纯的有关爱情的产物。宣誓的时候，它是契约；签字的时候，它是合同。与其花那么多心思去拉住男人，不如多放一点精力在自己身上。增益能力，储蓄财力。

婚姻这条路上，你自己有实力，才能心平气和地和男人讲道理。而男人知道你有随时转身的资本，他才会认真地去听并且思考你说的话。

我朋友说我这样刚硬，是原生家庭造成的。必须承认，我们这一代人，父母大多没有什么教育观念。心理上，遭受原生家庭伤害的，比比皆是。许多人受到原生家庭的影响，哀怨一生。

而我想说，原生家庭是养育我们的温床，也是见证我们的镜子。一路走来，我终是以一种另类的方式，矫正了自己的人生。尽管，有点惨烈，有点疼。但至少现在，我过得很好。有一份蒸蒸日上的事业，有一个温暖的家庭。

我终究靠自身的努力，一步步在这个家里有了位置。再也没有人说我高攀，说我是从糠箩跳进了米箩。我自己足够好，所以值得这世间的好。我喜欢现在的我，希望你也喜欢此刻的你。

下辈子，换我给你当妈妈

记忆里，我妈要和我爸离婚，应该是在我上初中的那段时间。我爸迷上炒股，却赔了不少钱。我妈气得天天和他吵，吵着吵着，就没有过日子的心思了。

后来，我在衣柜里发现了我妈写的离婚协议书。对于一个青春期少女来说，那真是一个不小的打击。心里有种说不出的复杂情绪。有难过，有愤恨，还有一点自暴自弃。

我把那个协议书拿起来翻了翻，看看都是些什么条件。没想到，发现一个有关我的秘密。

我当时都傻了，上面白纸黑字的意思很清楚：我不是我爸妈亲生的。

我从来没有怀疑过我不是爸妈的孩子。尤其是我妈，对我太好了。我妈是四川广元的本地人，1952年出生。我外公以前是国民党。20世纪60年代末，游过街，蹲过牛棚。

我外婆一共生了5对龙凤胎。对的，你没看错，是5对龙凤胎。可惜除了我妈这对，其他的要么只活下来一个，要不就全部夭折。

我妈排行老二，上面一个姐姐，下面两个弟弟，一个妹妹。她小时候也算享过一点福，可之后岁月动荡，苦难就来了。

外婆没能熬过那十年。

我妈说："可能是生太多了，加上操劳过度，拖垮了身子。"

大姨受不了那样折磨的日子，跟了一个大她10多岁的男人，远嫁河南。而两个舅舅，大的下乡，小的年幼。外公养不活小姨，也送给了别人，每个月还要贴补一点钱。

于是生活的重担全落在了我妈身上。那时，她也才十几岁。

因为家庭成分问题，我妈找不到好工作，只能下工地，抬钢筋，扛水泥。都说青春是五彩缤纷的，可我妈的青春就只有一个字，"熬"。熬到我外公平反，熬到大舅回来，熬到小舅和小姨相继成人。

那时候，我妈都快奔三了，才想着张罗自己的婚姻大事。然而外公的家庭成分，一般人都不敢娶我妈的。只有我爸。

他们是相亲认识的。我爸比我妈大6岁，以前当过兵，退伍当了工人，属于根正苗红，所以不太在意我妈的家庭背景。

当然，也因为我妈漂亮。我妈属于天生丽质吧。干了那么久的苦力，依然好看。我爸第一次见面就心动了。于是两个人不久之后，办了婚事。

那是1980年。

直到1986年，他们才有了我。

现在想来，我在这个家里确实出现得太晚了。我妈34，我爸都40了。他们自己能生的话，怎么会拖到这个年纪。

可是小时候，哪会想这么多呢？特别是我妈，给了我那么多疼爱，我不可能怀疑她不是我亲妈。就说我刚出生那会儿吧，我妈要上班挣钱，只能把我放在奶奶家。

我奶奶有一儿一女。别人都是重男轻女，而我奶奶却喜欢我姑，不喜欢我爸。可能我爸性格不好吧，不讨喜。

据说，爸妈以前是和爷爷奶奶住一起的，后来我爸和奶奶吵架被赶出来了。所以我妈托奶奶带我，奶奶开出的条件巨高。我妈那时的工资，一个月才30多块。

奶奶每个月要拿走一半不说，还要我妈给30个鸡蛋，3斤白糖，3斤冰糖。哪怕他们吃不完，也让我妈必须买。

我妈为了不让我受委屈，只能从自己的牙缝里省出来。

我爸那时在工厂，有食堂。我妈在贸易公司当营业员要自己带饭，她每天只吃馒头和自家腌咸菜。日子久了，开始营养不良了。

有一次，上班的路上，我妈骑着车就晕倒了，直接摔进路旁的沟里。路人扶她出来的时候，她满脸是血。人家要送她去医院。我妈却说："没事，我还要上班呢。"

我爸是那种不会赚钱的人，人不活络，所以我家一直不富裕。可在我的成长里，却很少感受到生活的艰辛。因为我妈把所有的精力物力都堆在了我身上。她自己不舍得吃，不舍得穿，但对我尽可能地好。别人有的，我一定会有。

有一年冬天，很冷，半夜我突然流起了鼻血。我妈就骑车带我到医院。医生拨开我鼻子上的手纸，一坨血块"啪"地掉到白色的手术盘里。

我轻松了，我妈却哭了。

后来我妈才和我说，她那时一直担心是白血病，心里怕得要死。不过随着我长大，这个毛病不治自愈了。

我猜，和我妈拼命给我补身体有关系。

我小时候体质很弱，爱得病，每次上学回到家后，她就追着我喝水，吃水果，吃鸡蛋，喝牛奶……我发小来我家玩，都觉得我妈太关心我了。

我却不以为然地说，烦都烦死了。

所有被宠爱的小孩，都会恃宠而骄吧，把母亲无微不至的爱，当成一种烦。现在想想，那是多么奢侈的烦啊。

我很少提我爸，是因为他在家庭教育上是缺席的。而在赚钱上，他也不行。20世纪90年代，整个社会都发生着翻天覆地的变化，每个人都好像有门路搞到钱，除了我爸。

工厂倒闭后，我爸再没找到个正经工作。我妈对他慢慢不抱希望了。有时候，靠男人真的不如靠自己。我妈自己报班学习会计，后来成了助理会计师。我们家的生活这才有了真正的改善。

回想往事，我常常觉得一个人的成长环境，会早早地确立他的三观，最终影响他的一生。我妈虽然十几岁就不得不干苦力，但我外公从小的教育让她相信，知识可以改变命运。在家境最困难的时候，她第一时间想到的就是靠学习来翻身。

而我爸就不一样了。爷爷奶奶就没什么文化，从不觉得读书有用。我爸满脑子都是小市民的计较和投机。工厂倒了，他不想着脚踏实地做点什么，而是想着怎么赚快钱。

应该是我五六年级的时候吧。我爸开始炒股了，起初用自己小金库那点钱，我妈没管。后来赔惨了，就动了家里的存款，一赔再赔。

1998 年，我上了初中。我妈应该是那时候发现的，都要气炸了。

她指着我爸质问："你知不知道我攒点钱有多不容易！那是给闺女上大学的！"

我爸却说："我不也是想挣钱吗？谁想把钱打水漂啊。"

那时候，家里每隔几天就要爆发战争。吵着吵着，我妈就心灰意冷了，要和我爸离婚。

我爸气哼哼地说："半辈子都过完了，看不出你这么看重钱。"

我妈红着眼圈说："我要是不看重，咱们家早喝西北风了。"

是啊，我妈怎么能不看重那些钱呢？那是她日夜操劳攒出来的，每一分都掺着血和汗。

是初二前的暑假，我一个人在家。本来想找件睡衣的，结果在衣柜里找到一份离婚协议。

是我妈写的。我拿在手里，心情特别复杂。之前他们喊过多少离婚，都觉得是气话。而看到这份东西，我才觉得自己要没有家了。

可是当我打开后，却一眼看见一件让我万分震惊的事。协议上白纸黑字地写着我爸不能生育的原因，以及其他的协议内容。

我读了十几遍，心里特别乱。十几岁的孩子，哪装得住事啊。我妈下班回来，我就把离婚协议递给她说："我不是你亲生的？"

我妈脸上闪过一丝惊诧，然后她说："你既然看见了，我就告诉你。"

原来我爸服役期间受过伤，导致不能生育。

奶奶曾出主意，让大姑过继她的小女儿给爸妈。我大姑小女儿都四五岁了，妈妈养了她几年，还是觉得孩子大了，什么都知道。

尤其大姑还经常探望，孩子从没把我妈当过妈。

我妈觉得自己辛苦付出，却像在给别人养孩子。所以，她还是把孩子还给了大姑，然后自己托医院的朋友，找到了被弃养的我。

我妈告诉我实情后，还把曾经包我的小被子，拿出来给我看。

她说："以后你要去找亲生父母，这也是个凭据。"

我问："那以后我还能叫你妈吗？"

我妈说："你是我养大的。如果你还愿意把我当妈妈的话，我就愿意这样陪你一辈子。"

人生真的需要反复回品才能尝出滋味。如今，我每次想起妈妈说的这句话，心里都会难过。她的脸上虽然没有一丝表情，但她看着我的眼睛，却是闪闪的。那时候，她对我爸已经死心了，临近离婚，苦心养大的女儿，却发现了抱养的秘密。她所依赖的人生，转眼都被拆毁了。她心里该有多绝望。

她那么诚实地把事实告诉我，其实是在等我一个选择吧。她想知道，在这个世界上，到底有没有一个人值得她付出，值得她期待，值得她用一生去陪伴。而我呢，却正值叛逆期，做了许多让她伤心失望的事。

我也不是给自己找理由，但十几岁知道自己是被弃的孩子，打击真的很大。小一点吧，懵懵懂懂不知疼；大一点，能更理智。可那个年纪最喜欢胡思乱想，又没头脑的倔强。

我有过一次离家出走。其实就是藏在同学家里蹭吃蹭喝。

我妈托警察局的朋友，把我找了出来。

之后，学习成绩一落千丈，让我妈操碎了心。

而我妈最终也没跟我爸离婚。有时觉得，可能是我太折腾了，让她没心思也没精力和我爸消耗。

高中，我逆着我妈的意思选了职高，学了绘画。那时是有点和家里对着干的意思。可随着自己一点点成熟起来，某些埋在骨子里的基因开始发作了。

虽然我家穷，带我的爷爷奶奶也没什么文化，但我从不缺书。妈妈从小就给我买各种各样的书回来，童话、小说、传记……她培养了我良好的阅读习惯，也在我心里留下渴望知识的种子。我终是不想自己职高毕业就混迹社会。我心里还是想读书，想念大学。

高二，我和我妈说了我的想法。她就看着我笑，好像早知道我会有醒悟的那一天。从一个叛逆的姑娘，变回她听话的女儿。

2004年，我考上了大学。在成都，学平面设计。人生从此开启了加速模式。热热闹闹地读完了4年，留在了成都，风风火火在春熙路上一家公司找到了工作。可惜工资不高。

小时候，很不喜欢一篇叫《糖果屋》的格林童话，很怕被抛弃在森林里，找不到回家的路。可是长大了，我却成了那个找不到面包屑的孩子，迷失在城市的森林里。每天上班、下班、恋爱、分手，周而复始，懒得回家。男朋友换了又换，总是定不下来。

某位前任说我，被父母宠大的孩子，很难成家。我觉得，他可能说对了。因为我心里不缺爱，也不是急需一个家来填补空白。有男朋友是种快乐，没有男朋友，我也不会孤独。

成都到广元，相隔300公里。我妈的关爱，从不缺席。电话是每天必备的，还要时常来看我。也会催婚，絮絮叨叨的，是烦，也是疼爱。

2014年，我开始向着30岁大关冲刺了。我妈做了决定，把广元的房子卖了，带着我爸来成都买了新房，放在我的名下。

我问她："干吗突然想着给我买房子？"

我妈说："你总要嫁人的呀，万一有一天你过得不好，我不希望你连个自己的窝都没有。"

直到那一天，我才发现，自己是永远不会迷失在森林里的孩子。我不怕石子被风吹走，不怕面包屑被鸟吃掉。因为我的妈妈，始终坚持着她当初的诺言，只要我叫她一声妈，她就永远伴在我的身后。

可是，这个世界上，真有永远吗？

2019年2月25日，对我来说注定是个特殊的日子。这一天，我和往常一样，在公司上着班。中午和同事吃完饭回来，在楼下前台拿快递时，不小心拿错了别人的快递。

这个别人，是个男生。我没想到，由此开启了我的爱情。而我更没想到的是，3个小时后，我家天崩地裂。

下午3点20分，我接到了我爸的电话。他说："你妈突然昏迷了，快点回来。"

我连忙打车赶回家。我到家的时候，我妈还有呼吸，但已经没有意识了。我赶紧叫了救护车，跟我爸一起把她送到医院。一直忙到早晨，我妈总算体征稳定了，但是没醒。

我爸说："我来照顾，你去上班吧。"

我本来想请天假，但我负责的那个项目正在赶工期，我不能任性地跟老板说我去不了。我想着等我下班了来换我爸，两个人轮流着守。可是中午12点多，我爸忽然打来电话说，你妈没心跳了。

我在电话里嚷着："抢救，必须救回来！"然后疯了一样往医院跑。

无数机器推进我妈的病房，我在外面眼睁睁看着，像丢了魂一样不能思考。

医生终是出来了，跟我说："你妈妈已经脑死亡了，没有救的意义。"

我哇的一声哭出来，我说："我不管，就算植物人我也要我妈活着！"

我站在医院的走廊里，手足无措，号啕大哭。我看着比我还没方向的爸爸，感觉好害怕。我这才想起给舅舅和小姨打了电话。小姨离得近，很快就赶来了。

我见到小姨的第一句话就是，我要救我妈，不管怎么样，我要救我妈！

小姨安慰我说："肯定救，但是你也要做好准备啊！"而我不知道的是，小姨已经提前帮我联系好殡仪馆了。

那是我第一次感受死神的残忍，由不得你不舍，由不得你任性。最后一次抢救后，医生摇头对我说："没有意义了，放弃吧。"我看着各种医疗器械被拆下来，就像我自己亲手放弃了我的妈妈。

我再也没有妈妈了。

妈妈躺在那儿，像睡着了一样平静。我牵她的手，软软的，没有力气。我对小姨说："她的手还是热的。"

小姨拉我的胳膊，哭着说："别把眼泪滴到你妈身上，不然她走得不安心了。"

可是，我舍不得呀。我舍不得疼爱了我一生的妈妈，就这样没有一句告别地走了。我还没来得及好好孝顺她，没来得及带她出去玩，没来得及让她看见我结婚生子。

原来真正的告别，从来都没有长亭外古道边，更没有劝君更尽一杯酒，而是一个普通早晨醒来，有的人你永远也见不到了。我一遍一遍摸着我妈的手，直到她在我的掌心里，慢慢变凉。

我在亲戚的帮忙下，办完我妈的丧事。我知道妈妈爱干净，亲手帮她擦了身体，穿了寿衣。

葬礼之后，我整晚整晚地睡不着。每晚都会跟朋友打电话，睡在我妈的床上，抱着她的枕头。她身上的味道还在，恍惚间，会觉得她还没有离开。

我爸回了广元，住在我姑姑那里。要不是因为我妈，他也不会来成都，他还是觉得老家好。

我妈是糖尿病，高血糖引起的昏迷。如果发病时，我爸当时不是先打给我，而是先叫120，也许我妈还能救回来。这个男人，一辈子不成事，在我妈最后的时刻，依然混乱，没有章法。

我好像突然明白了我妈为什么非要卖了老家的房产，在成都给我买一套房子。她当时没和我爸离婚，就是怕离了之后，带着我，没有一个安身立命的家吧。她有过教训，所以才会在我结婚之前，为我的人生，留下一条可以回头的退路。

2019 年年底，我恋爱了。就是那个和我在同一栋楼上班，跟我拿错快递的男生。他仿佛就是我妈临走前，给我搭配的良缘。

叫他小程子好了。我们三观像，审美也像，哪儿跟哪儿都投缘。而且，他还愿意被我欺负。我觉得，他是我妈会喜欢的男孩。可惜，我妈没有看到。

2020 年 6 月，我和小程子领了证，我终于有了自己的小家。我觉得，家里装修会是我妈喜欢的风格。可惜，我妈没有看到。

2021 年 4 月，我生了一个男孩，很可爱，很漂亮。我觉得，是我妈会喜欢的外孙。可惜，我妈没有看到。

2022 年 3 月，我加了薪，而小程子也升了职。我俩的日子越来越红火。可惜，我妈没有看到。

我妈走后，我飞一般地完成了人生里所有的大事。但是，我的妈妈，她再也没有机会看到了。

小程子从来没见过我妈，然而有天早晨，他告诉我，他梦见我妈了。他描述的样子，和我妈完全相符。

老一辈说，那是我妈放心不下我，所以来看看他。

妈妈，我真的有点生你的气哦。既然来了，为什么不顺便来看看我呢，让我在梦里见见你也好呀。

我真的好想你呀，妈妈。想你唠唠叨叨地催我喝牛奶，想你逼着我好好读书，想你陪着我，走在春熙路上挑衣服，一路欢笑一路阳光。

妈妈你知道吗？你当初让我拿着去认亲的小被子，早被我扔了。因为在这个世界上，我只有一个妈妈，那就是你。

很遗憾，这辈子我们缘分太短，只能下辈子再见了。到时候我们还做母女吧，有血缘的那种。只不过换我来当妈妈，你来做女儿好吗？

我会像你爱我一样来爱你，直到你长大成人，直到你成家立业，直到你不需要我的爱为止。

谁不是第一次做人

一个农民工的一生

2015 年，我 20 岁。生日那天，我做了一个可怕的梦。醒来后，不记得梦见什么了。只记住了那种恐惧的感觉，黑沉沉的压得我透不过气。

那时我还在四川西昌读大学。早晨起来，昏沉沉地上了一上午的课。下午和室友一起去兼职。就在上班的路上，忽然接到福建那边公安局打来的电话。

他问："你是陶余庆的女儿吗？"

我说："是啊，怎么了？"

他说："你爸在我们这里，需要你过来一趟。"

我当时就想，我爸那个躁脾气，是又和别人打架了吧。

我爸是典型的四川男人，性子急，脾气躁。但他对我非常宠爱，从不乱发火。在家里，不论他和我妈吵成什么样，我要是拦着，他一定会平息。

可能，我是他的"老来女"吧。爸妈生我的时候都 45 了。我们家在四川德阳下面的一个小村子，我爸上面有两个哥哥。因为家里穷，他一直讨不到老婆。直到 1993 年，经别人介绍，和我妈结了婚。

我妈是寡妇，前夫留下两儿一女。当时大哥 22 岁，二姐 13 岁，最小的哥，也有 9 岁了。

实话实说，爸妈在一起，没有太多感情基础，更多基于现实的因素。对于我妈来讲，一个女人抚养三个孩子，实在太难了。再加上大哥小时候生病没有及时治疗，患了脑瘫，经常在村里到处乱跑搞破坏，有时还会打人。即便我爸穷，也总比她一个人独自负担要强。

至于我爸这边，40 多岁还是单身。我妈几乎是他唯一结婚的机会。而没有感情的婚姻，注定无法和睦。

从我记事起，这个家就没停止过争吵。爸爸急性子，做什么事都求快。而我妈干什么都慢悠悠的，喜欢慢工出细活。两个人性格和观念完全相反，很难磨合。他们唯一相近的，大概就是对我好了。

我妈性子柔，凡事都让着我，由着我。我爸更是把我当成他的心尖尖。那时候，逢年过节，大家都会去赶大集。我爸喜欢把我放在他的肩膀上，高高地托着，

谁不是第一次做人

一路逛过去。记得集市上的卤肉，非常好吃。可对于我家来说，太贵了，就像奢侈品。而我爸每次看到我渴望的眼神，都会给我买一点解解馋。

我爸是个手很巧的人，小时候的玩具，大部分都是我爸做的。藤编的小球，木刻的玩偶。他买不起，但肯花心思给我做。

有一年生日，我看别的同学过生日吃蛋糕，吹蜡烛。我也想要。可是，我们家那边还没有蛋糕房。我爸就煎了几个鸡蛋，插上蜡烛让我吹。当时把我高兴坏了。

回想起从前，家里虽然穷，但一点没耽误把我养成小公主。因为做公主最重要的条件不是有钱，而是有人肯给你无限的爱。

我爸对我的哥哥姐姐，也很好。尽管他们不是他亲生的。也许他不懂什么是情爱，但他懂什么是男人的责任。我爸我妈结婚后，他供我二姐和小哥一直到初中毕业，直至有能力外出打工。大哥脑子有病，我爸就带着他到处求医问药，给他治疗。后来吃了一个赤脚医生开的药方后，人才慢慢好起来。

我爸没什么文化，一辈子只能卖苦力。我上小学，他就已经50多岁了。城里人都到了快要退休的年纪，而他不但要种地，还要天天挑砖供我上学。挑砖是论"块"计价的。一块砖，大概有五斤重。而挑一块砖的价格，是现在人无法想象的低。只有5分钱。是的，

只有 5 分钱。别人掉地上都懒得弯腰捡的小钱，我爸
却要一担一担赚回来。

晚上回家，他脚底板磨得全是泡。我爸会先拿热
水泡一泡，然后用针一个一个挑破。

我问他，"不疼吗？"

他笑着说："我姑娘给吹吹就不疼了呀。"

我就会轻轻地吹一吹，想他快一点好。因为第二
天一早，他就又要去工地了。

我大伯和我爸的脾气很像。有时候两人喝酒都能
吵起来。矛盾闹大了，就会动手，甚至上刀子。

我大伯很疯的。记得我三四年级的时候，有一天
他喝醉了，半夜 12 点，非要到我家看电视。吵得我没
法睡，我就给关了。他发酒疯，拿菜刀要砍我。气得
我爸把他赶走了。

这事过去了，也就过去了。直到我考上初中，我
爸有天喝醉了才和我讲。他当时担心我大伯记仇会伤
害我。那天之后，他每天都悄悄地跟着我上学，陪我
走了有一年多。

我挺震撼的。这么粗线条的爸爸，竟然这样细腻
地关心着我。其实，父爱都是这样吧。嘴巴上说不出
什么，却在不为人知的地方，默默地陪伴，无声地付出。

回想往事，我发现自己和爸爸美好的片段，大部
分都在童年。因为从我上初中开始，他就开始外出务

工了。那是 2008 年左右，我小哥在外地成家，二姐远嫁新疆。大哥病情大幅好转，基本生活可以自理了。我爸带着他，去了北京的建筑工地，从此做了农民工。

农民工再累，也比在家种地赚得多一点。只是那时大多数老板年底才给结工资，还要被扣除平时的一些费用。一年下来，我爸和大哥也挣不上几个钱。

我是从初中起，才感知到家里的贫穷。因为到镇上读书，见了小小的世面。可每个星期，我妈只能给我 10 块钱。窘困的生活，再也撑不起小时候爸爸为我守护的骄傲。不想承认，内心里开始自卑了。

我们村里有个男的叫黄德发。之前在福建打过工，说赚得多，介绍我爸过去。于是过年后，我爸带着我大哥，去了福建。

送我爸上火车的时候，我莫名地开始掉眼泪。不是第一次分别了，可那天就是忍不住。

我爸摸我的头，说："哭啥，爸爸去赚钱了。"

那是 2009 年，整个时代，都像那列火车，匆匆加速，呼啸向前。越来越发现钱的重要，身边好多发小都进厂了。我对学习也产生了动摇。中考的时候，有打过退堂鼓，不想读下去，想快一点赚钱。

我妈同意我的想法，让我早点进厂上班。只有我爸，每个月都会给我打一次电话，鼓励我一定要读下去。学费、生活费他都会想办法。

他说："你考上大学，这辈子才不用像爸爸这样卖力气。不要怕眼前的艰苦，好日子都在后头呢。"

那年春节，我爸和大哥留在福建没有回来。

我妈说："爸爸年纪大了，要是回来过年再回去，就很难找到工作，厂里就不要他了。"

我听着心酸。

那时候，爸爸马上要60岁了。哥哥姐姐早都独立。他是为了我才要在花甲之年背井离乡，打工赚钱。过年都没法团聚。

我在心里暗下誓言，必须好好学习，要不然对不起爸爸这些年付出的辛劳。

而我爸从此再没回过家。

后来就是高二了，村里传起了风言风语。高中我住校，一个月回家一次。十一长假，去我村里的发小家玩。

她问我："你妈和黄德发是不是真的？你每次上学了，你妈就跑人家里了。"

是的，就是那个介绍我爸去福建的黄德发。

我妈和他有了私情。

面对发小的疑问，我尴尬得一个字都说出不来，红着脸跑回了家。

我质问我妈："有没有这回事？"

我妈抵死不认。可偏巧这时有电话打了进来。我妈手忙脚乱，她心慌了吧。接通时不小心按了免提，而我听到的第一句是老婆。

是那个黄德发无疑了。

我抢过来，把他骂了狗血喷头。然后又跟我妈吵了一架。我跑出家门时，看到有围观的邻居，他们一副了然于心的表情。我爸怕是早已成了德阳的一个大笑话了吧。

这之后，几乎每个月回家，我都要和我妈因为黄德发吵架。后来，我对我妈说，如果不爱我爸就和他离婚，我这就告诉我爸去。

我妈威胁我，说："你敢！你告诉你爸就是拆了这个家。你爸那么大岁数有个家容易吗？他伤心你就是罪魁祸首！"

或许是我还太年轻，怕丢脸；或许是我太害怕亲手拆散这个家；又或者是我怕我爸的躁脾气，怕他一气之下，做出什么出格的事。总之我没敢告诉在外打工的大哥，没敢告诉远嫁新疆的姐姐，也没敢告诉小哥，更没敢告诉身在福建、辛苦养家的爸爸。我一个人把这个秘密吞下了，变成了黑色的石头，压在我心口。

我觉得自己特别对不起我爸，怕和他通话，怕听见他关心我。高三的时候，我几度想过自杀，觉得自己没脸面对。可是，多年之后回想起来，爸爸五六年不回来，除了工作上的无奈，也多半是知道什么了吧。

毕竟我妈和黄德发已经臭名远扬。

他了解自己的脾气，所以给我妈和这个家留了余地，留了颜面。毕竟，我还没有上大学。他在外面赚钱，妈妈在家照顾我。两不相见，才能维持相对的平衡。

高三毕业，我考取了西昌的大学。

我爸依然没回来。但他给我买了部手机，还奖励了我1000块钱。那时我觉得自己和爸爸预想的人生只差一步之遥了。

不久，我开始半工半读，想给我爸分担压力，不想他太累了。

我和他说："在外面对自己不要太抠了，该买买，该吃吃。我做做兼职，生活费够用了。"

他在电话里呵呵地笑，说他很高兴，我长大了，知道心疼他了。

那一刻我不知道说什么好。我早就知道心疼他了呀，只是那时我还没有能力。所以爸爸，你要等等我呀。

后来，就是大二了。妈妈忽然打电话和我说，爸爸和大哥被工厂辞退了。

没两天，我爸给我打了一个电话，说了情况。厂里嫌他年纪大了，不要他了。也嫌我大哥智力不高，干活太慢。老板们就是这样现实又无情，榨不出价值，马上扫地出门。

我爸说："没事，我一把力气呢，不怕找不到活儿。"

谁不是第一次做人

之后，我们就失去了联系。我按照之前的号码打回去，才知道那是他工友的。原来这么多年，他都没有自己的手机，都是借别人的。他请求工友帮忙，一起隐瞒了这件事。每次我们打电话，工友就会直接把手机拿给他。

9月，是我的生日。我爸从没忘记过，总会打电话祝我生日快乐。可那一年，他没有。

晚上，我做了一个记不起来的噩梦，醒来一直惴惴不安。

到了下午，忽然就接到福建那边公安局打来的电话。

我当时以为，我爸那个躁脾气，怕是又和别人打架了。可是，警察却说："你爸爸出了意外，你过来一趟吧。"

我急了，追问："出什么意外了？"

警察说："他……失足淹死了。"

我感觉自己一瞬间凝固了，在人潮汹涌的街上，变成了一尊了无生气的蜡像。

从爸爸离开家，到我再见到他，整整6年。这6年，我们仅靠电话联系。

也许有人会问，他不回来，你就不能去看看他吗？

我只能说，每年逢年过节，我们都希望爸爸能回来团聚。但是我知道我们的每一分钱都有用处。

我到了福建才知道，我爸和大哥离开工厂后，去了一家养鸭场工作。出事那天，下了雨。我爸失足滑进了池塘，没有人发现。

我在梦里，许多次梦见爸爸。他抱着我笑，哄我开心，给我买许多好吃的。没想到真正看见他，竟是一声不响地躺在殡仪馆里。

他的头发好长好长，应该是不舍得花钱剪，就那样一直乱糟糟地留着。他脸上的皱纹，好深好深，一辈子的风吹日晒，都刻在里面了。

我站在他旁边，想哭，却怎么也哭不出来。因为我怕我一旦哭出声，我就真的没有爸爸了。仿佛只要我不哭出来，我的爸爸就还活着。他只是累了，睡着了。

我压抑着自己的情绪，感觉整个人快要炸裂开来。如果我爸知道了，一定会心疼吧。他最爱的小女儿，这么伤心这么无助。可是，他听不到，也看不到了。他操劳了一辈子，不用再挣扎着养育他的小女儿了。

跟着大哥去收拾爸爸遗物的时候，我在他的枕头下面，找到 1000 块钱。几块几十块的卷在一起。那是他全部的积蓄。

大哥说，爸爸一个月只花 300 块，多一分都不肯。

我的心里，除了愧疚，只有愧疚。我爸为我付出了一生，可我没有让他享受过哪怕一点点的幸福。而我这辈子再也没有机会报答他了。

爸爸，你应该再给我一点时间啊。我只差一点点就可以自食其力了，就可以赚钱养家，就可以让你回来享享清福了。可是，我再也没有机会了。

爸爸走后，我的状态变得特别糟糕。特别是见到我妈的时候。

我怨过她，也恨过她。如果不是她，我爸怎么会不回来？和她吵过，闹过。可最后，归于平静，由着她和黄德发分分合合。

就像我姐劝我的，我爸这辈子就想我过得好，我不能辜负了他。

爸爸不在了，但他在我的生命里，一直没有退场。可能，我早已习惯了他在一个遥远的地方，疼爱着我，关心着我。我人生的每一节点，都会想起他。

2016年，我交了男朋友。我想，我爸一定会找他喝顿酒吧，吹胡子瞪眼，给他个下马威，让他一辈子不敢辜负我。

大学毕业，我拿到了银行的录取通知。我想，我爸会高兴得掉个眼泪吧。期盼多年，终于看到我独立成人了。

2019年，我攒了点钱，和哥哥姐姐一起翻新了老家的房子。那一直是爸爸的心愿。他知道了，一定会欣慰地夸我，有出息了，没有白白疼我。

2021年，我结婚了。老公就是大学时的那个男朋

191

友。婚礼上，没有爸爸牵我的手。可我感觉得到，他一直在的。就像小时候，他一直走在护我上学的路上。不声不响地，用温柔的目光，看我翻山越岭，找到人生的归宿。

2021 年 9 月，我有了自己的女儿。不论是事业还是生活，都越来越好。可我爸却永远地留在旧日的艰辛里了。

我不喜欢美化苦难，因为它们都真真切切地发生过。我也不喜欢装点赤贫，因为曾经有一个人，用尽生命，才把他的女儿推出贫穷的旋涡。白驹过隙，7 年就这么过去了，可我仍时常会梦见爸爸。梦见他挑着 5 分钱一块的砖头，一步一步走在夕阳里。他的脚下全是水泡，可肩上担的，是生活，是岁月，是我飞出小村子的希望与未来。

都说互联网是有记忆的。虽然我的爸爸已经消失在昨天，但我想在疾驰的互联网中，借用小浅的平台，为他留下一笔。

这就是一个农民工的一生。有苦，有甜，有笑，有泪的一生。爸爸，我真的很想你。想你对我的疼爱，想你对我的鼓励，想你对我说好日子真的在后头呀。

是啊，我过上了好日子。只是，爸爸，你在哪里呢？

岁月如风，旧事如梦

前几天，我翻儿子的课外书，看见周敦颐的《爱莲说》。

予独爱莲之出淤泥而不染，濯清涟而不妖……仿佛随口就能背出来。

老公夸我厉害，学生时代的东西还能背得一字不差。有时候，越是儿时的记忆，越是一生的陪伴。

其实我背《爱莲说》，还是在小学。七八岁的样子，小小的城市里，飘着热闹的蝉鸣。云朵像白色的鲸鱼，浮游在湛蓝的天空里。

奶奶的头发还是花白的，一丝不苟地拢在脑后，挽成髻。她不同于别的农村妇女，自幼饱读诗书。我和她在一起的那几年，她教会我背古诗，诵古文。

有时我会和她耍赖说："奶奶这些话都是什么意思呀？我不懂啊。"

她也不会生气，只会耐心地说："倩倩还小，不用急着明白。时间还长着呢。"

算起来，如果她现在还活着，快100岁了吧。突然想讲讲她的故事，讲讲她近一个世纪的悲欢离合。

奶奶出生在1924年。她有个好听的名字，叫章月英。祖籍浙江，外曾祖父算是红顶商人，身带官职，又经营有道。时代交替，他从浙江转来福建，依然是名门望族。

奶奶是家里最小的孩子。兄长们当官的当官，开厂的开厂。而她还是个小丫头，老妈子们护前护后的小千金。

外曾祖父分外疼奶奶。因为她百天的时候，请了个有名的师父给她算命。师父看了八字，摇着头，叹气说："钱我不要了，这孩子的命格我解不了，另请高明吧。"

外曾祖父为人豁达，好生招待不曾怠慢。

后来，他和外曾祖母说，既然这孩子未来不定，在咱们手边的日子就多宠宠吧。

我外曾祖母兀自垂泪，从此对我奶奶百倍珍爱。

奶奶从小就有老师到家里来教她诗书礼教。到了上中学的年纪，外曾祖父挑了最有名的女校让她去读。

虽说到处嚷着新时代女性要如何如何，可事实上，封建的礼法教条一样不少。奶奶上下学，不能轻易抛头露面的，不是坐轿子就是坐车。下雨天，赶去送伞的下人，也必须是女人才行。

那时候的奶奶，是金丝笼里的幼鸟。外面的世界打得一塌糊涂，可她小小的天地里，锦衣玉食，歌舞升平。她每天最大的难题，大概就是挑哪件旗袍去上学了。

她爱美，喜欢旗袍。家里有相识的宁波师傅，总能先打出上海最时髦的布料款式来。有昂贵的呢绒、贡缎，也有便宜的府绸、阴丹士林布。即便是不上学的假日，她也会穿戴整齐，读一会儿书，或是坐在骑楼的窗边，吃一碗自家摇出来的冰激凌。

香草口味浇着鲜红的草莓酱，冰凉甜蜜，是夏日里最美妙的时刻。

外曾祖母是个很会保养的女人。吃补品的时候，还会给我奶奶分上一碗。人参炖鸡啦，雪耳燕窝啦……

有一次，奶奶听到送药材的伙计和老妈子闲聊，说这次送来的是血燕。

因为金丝燕的窝总是被摘走，最后累到啼血，才造出罕见精贵的血燕来。

至此，奶奶再不吃了。她心地善良，心疼那些燕子小家被毁，啼血殒命。即便外曾祖母送来，她也会悄悄倒掉。

那已是 1937 年了。不久之后，日本人打进了福建。万千家庭，如同那些金丝燕般，家毁人亡，生灵涂炭。

直到 1941 年 5 月，中国军队发动大湖战役，鏖战三日，歼敌无数。至此，阻住了日寇侵占福建的脚步。而就在这场战役中，有一个人，因为英勇善战，脱颖而出，从此一路加官晋爵。那个人，就是我爷爷。

爷爷是从河南逃难出来的。如果说奶奶是活在时代剧的光鲜小姐，爷爷就是民国纪录片里的真实难民。北方八省，连年饥荒，饿死灾民以千万计。爷爷一无所有，只剩命一条。他骨子里，带着股亡命的匪气，没有生死可畏惧。

1943 年，我外曾祖父在省城见到我爷爷的时候，他 24 岁。正是手握兵权，意气风发的少年郎。外曾祖父知道他单身，当即拍板把我奶奶许配给了他。那年头，官也好，商也罢，都比不过手握枪杆子的更踏实。既然奶奶命薄，许个莽夫，也许能壮壮八字，破个局。于是，奶奶一面未见，就嫁给了我爷爷。

成亲那天，好不热闹。奶奶坐着八抬大轿，风光出嫁。晚上，奶奶盖着红盖头，坐在床上一直等。所有的未来都藏在红布之外，等着一个陌生男人去揭晓。

也不知几点了，爷爷步履跟跄地走进来。红烛映着酒气，虬髯略显狰狞。他抱住奶奶，刚想亲热，窗外几只不识趣的乌鸦忽然叫起来。

爷爷顿时来了脾气,骂道:"你奶奶个腿的,扫老子的兴。"然后提着盒子炮出了门,啪啪两枪,乌鸦应声而落。

一瞬间,世界就安静了。

我奶奶的心,也静了。在那纵有千般道理不如两颗枪子更有用的时代,女儿家饱读诗书又如何?到头来,还是嫁给了目不识丁的草莽汉子。

成婚后的第三天,爷爷的一个朋友迟来道喜。布衣草鞋,不似官场上的朋友,爷爷却万分重视。他备了酒菜,喊我奶奶出来作陪。

此人姓秦,后来我叫他秦爷爷。

爷爷给奶奶介绍说:"认识认识,这是我过命的兄弟。"

奶奶那天才知道,这位秦兄为何单独来贺。他和我爷爷同是河南一起逃荒出来的朋友。两个人相扶相助,一路走到福建来。同是打日本鬼子,只不过一个进了国民党军队,一个加入了游击队。

秦爷爷无不羡慕,想不到一同出来,我爷爷名利双收,还抱得美人归。

爷爷大笑,说:"什么名不名,利不利的,除了我这婆娘,全都分你一半。"

那时的爷爷,人生如意尽春风,性情豪迈,快意恩仇。谁能想到，几年之后，时局巨变。巅峰低谷，只在转瞬间。

1945年，奶奶生下了大伯。日本投降，举国欢庆。本以为能过上太平日子，可连年内战，军阀互斗，我爷爷也搞不清为何而战。

1947年末，国民党军队就已有转移的消息了。1949年前后，许多士兵来不及告别，被带去了海峡对岸。我爷爷看得早，放下一切，投奔了秦爷爷。

秦爷爷把他藏起来，安置在漳州下面的小县城。从此，富贵如云烟。

那时候，虽然住在小城，但日子并不苦。毕竟爷爷早有准备。积蓄还是有的。奶奶的贴身老妈子也一直跟着，照顾奶奶的起居生活。

我爷爷是个拿得起放得下的人。不打仗，干活也是把好手。他是河南人，爱吃面食，手把手地教我奶奶包饺子，烙饼，擀面条。时不时还会煮点卤肉，分给邻居家的小孩解解馋。

新中国成立之后，奶奶的娘家破败了。新闻里也总会出现一些曾经的官太太被遗弃落拓的新闻。

奶奶问爷爷，说："你当初怎么没自己走呢，到那边接着当官不好吗？"

我爷爷说："我是个粗人，但不是混蛋。你一个千金大小姐嫁给我，给我生儿子。我这辈子不会负你的。"

奶奶没接话，卷了根烟给爷爷递过去。嫁给爷爷这么多年，荣华富贵应有尽有时，奶奶心里，没有爱这个字。而如今，粗茶淡饭，简朴布衣，忽然有了种稳妥安逸的甜。

那是一段相对安稳的时光，只是日子渐渐困窘起来。毕竟大环境使然，挣不到什么钱。爷爷又是个仗义疏财的爷们儿，手脚太宽。

1954年，奶奶生下我二伯。1957年，生下了我姑妈。1962年，又生下了我爸。家里的积蓄就不多了。

那时候跟着奶奶的老妈子也过世了。凡事都要学着自己来。爷爷疼惜她娇贵，不让她做重活。洗洗轻便的衣物，做点日常饭菜倒也不算太难。

然而，命运并没有因为她躲在偏远小城就忘记了她。20世纪60年代末，席卷全国的浪潮来了。爷爷的身份，毫无疑问成了致命伤。他性子刚烈，经不起侮辱诬陷。1968年，一场重病再也没起来。

弥留之际，秦爷爷来看他了。那时候，风声正紧，多少爷爷帮过的朋友都不敢露面，只有秦爷爷有胆有识。

爷爷攥着他的手说："兄弟，我要先走了。可怜我妻儿无依无靠，代我照应照应吧。"

秦爷爷含泪应诺，爷爷就此撒手人寰。

真是风雨轮流，命运无常。爷爷戎马一生，却落得凄凉收场。然而，衰败之下，有时活着比死去更难熬。

不久，奶奶的身世也被揭出来了。官商世家的千金小姐，国民党军官的阔太太。家里被抄了，藏了多年的陪嫁，偷的偷，砸的砸。她心爱的旗袍，胡乱地堆在院子里，一把火烧得精光。

带头的半大孩子，指着奶奶，让她自我检讨。

奶奶理了理鬓角的头发，温柔地说："都长这么大了，以前来我们家吃卤肉的时候，还光屁股呢。你叔不在了，怕是以后想吃也吃不上了。"

一句话，终是点醒了人性，一群人呼啦啦地走了。

奶奶站在院子里静静地看着一地狼藉，焚花散麝，无处话凄凉。她挺了挺脊背，没有眼泪。前尘往事就此别过，空余灰烬祭旧情。

那时候，大伯年纪不小了，直接送去了东北开荒。奶奶被迫带着三个孩子，去了农村。奶奶一辈子娇生惯养，哪里干过农活。一双手白白嫩嫩，伸出来，大家都围过来瞧一瞧。

不过奶奶从不多话。别人怎么教，她就怎么学。地里插秧，圈里喂猪，多苦，多臭，皆无怨言。

那段时间，奶奶每天带着我姑妈下地挣工分，供着二伯和我爸去读书。下地回来，奶奶手上都是水泡。她忍着疼，一一挑破。

我爸最小，围着奶奶问："妈，你疼不疼？"

奶奶说："疼也没事。等长好了，生出茧子来，以后就再也不会疼了。"

其实人心也是这样吧，伤了，好了，慢慢也就硬起来，不知疼了。

有一天大雨，奶奶被派去喂猪。

是想刁难她的吧。可我奶奶提着桶就走了。结果回来的路上，体力不支，摔倒了。左臂骨折。

那时候，农村的医疗条件，基本等于没有。奶奶落了病根。那么好看的手，从此变了形。

我想，奶奶是哭过的吧。但是没人看见过。邻居朋友没有。我爸，二伯，姑妈也没有。她在所有人面前，永远从容淡定。有人赞美，她安然接纳；有人责备，她默默倾听。虽然穿着一样的蓝布工装，可骨子里，永远带着从上而下的优雅与淡然，与整个世界格格不入。

那时候，农村要记工分。可村里人有文化的少，记来记去，总是一本糊涂账。

有一次，村长发脾气，站在院子里骂人。

奶奶看见了，就说："让我试试吧，这个我会。"

村长从此对她刮目相看。奶奶的日子也好过了一些。

就这样，奶奶在农村住了七八年。不亲不疏，与人为善，慢慢熬过了又一场磨难。

奶奶回城，已经是 1977 年了。那时姑姑已经嫁给了当地的农民。秦爷爷明里暗里用了各种办法，把我大伯从东北接回来。那时他已经30多岁了。在秦爷爷的帮衬下，我大伯进了邻市的煤矿单位下井挖矿。我二伯和姑妈也全部进了工厂，做了城镇职工。我爸正读初中，死活不肯读下去了，也要去上班。奶奶也就同意了。就这么着，风雨飘摇的一个家，总算安定下来。

奶奶去祭拜爷爷的时候，在他坟前卷了三支烟。

她说："放心吧，孩子们都有着落了。我这辈子也差不多了。等他们生儿育女，我就找你去。"

可人的一生是连贯的。常说放下过去，从头开始，其实很难很难。过往是夕阳下的影子，长长地覆盖着探往未来的前路。

不久，轰轰烈烈的20世纪80年代，带着五色斑斓的光彩来了。兄妹几个里，大伯见过当年爷爷的风光，奶奶的华贵。毕竟刚搬来漳州的时候，还有奶奶的老妈子，追着他喊小少爷。奶奶能平顺地接受人生大起大落，不代表她的孩子也可以。

大伯已经奔四了，年轻的时候，在大兴安岭里吃尽苦头，如今又混在矿井里讨生活。心里藏着荣耀的旧梦，可现实却是无力跳脱。

1982年冬天，大伯放假回家。返工的路上，把自己吊死在了夜晚的河堤旁。他以一种决绝的姿态结束了自己迷茫的人生。

意想不到终于熬到了光明的新时代，却仍要面对无比残酷的白发人送黑发人。葬礼上，奶奶哭得肝肠寸断。可埋下长子，她仍要生活。

奶奶经历过太多的风霜，唯一的抵御方式就是吞下悲伤，活下去。

我二伯性格里，多少继承了些爷爷的洒脱与不羁。为人仗义，可做事莽撞。爷爷是枪林弹雨闯过来的人，不只胆大，还心细。但二伯大大咧咧的，只像了爷爷的皮毛。

1987年，我爸都结婚了，我二伯仍然是孤家寡人。积蓄没有，能力有限。几经相亲，都不成功。家里人猜测，是感情上的不顺让他的心理多少有些扭曲了。

1988年，我二伯还住在厂里的单身宿舍。厂里发生了盗窃案。警察搜到他家的时候，竟然找到了一堆偷来的女人内衣。他就以这么不光彩的名义被抓了。

当时判了一年，可二伯没能等到出狱。在出狱前的一个月，不幸被殴致死。

奶奶第二次白发人送黑发人，心痛到难以想象。

然而真正受到刺激的，不是奶奶，而是她最小的儿子，我爸。

1989年，我出生了。我爸在产房门口听闻是个女孩，直接晕了过去。没有夸张。可以想象的，他心里怀揣着怎样的心思。他是家里最小的儿子，品着生活里的低微艰苦，听在耳朵里的，却是大伯对往昔的怀想。

他从小渴望恢复家族的荣耀，满心成就一番宏伟事业。记忆里，他时常会和我说爷爷夜晚打乌鸦的故事。自豪，得意，仿佛自己亲历一般。他不允许家里人去求秦爷爷帮忙。低三下四，辱没了自尊。秦爷爷要认他做干儿子，他也不肯答应，觉得那是没骨气，攀高枝，推我姑妈去做了干女儿。

不能说，他不聪明。早早就嗅到了改革开放的气息，辞职下海。可是，他毕竟连初中都没有读完，能力追不上心气。生意场上起起伏伏，远不及爷爷在战场上大杀八方。

一个心里极度渴望名利与儿子的男人，没有多少女人可以受得了。我 6 岁那年，我妈和我爸离了婚，远走他乡。

那已经是 1995 年了。我爸照顾不了我，把我送到了奶奶家。我奶奶一直住在老房子里。

那是我一生中，最难忘的时光，得到了奶奶无尽的疼爱。

奶奶对我格外地好，她把心里对小儿子的所有的想念与深爱，都转移给了我。

奶奶写得一手好字，教我背读，辅导我功课。闲暇的时候，她还会卷烟丝，一根一根码在小盒子里。

我不喜欢别人吸烟，除了我奶奶。她总是在院子里吸。阳光金红的傍晚，倦鸟飞过屋顶，流霞缀满金边。奶奶的目光，透着淡白的烟雾，放得好远。

她是孤独的吧。时光匆匆卷走了年华，却无人停下与她温柔岁月。她是旧时代里的幸存者，却不是人生中的幸福者。漫长人生对于她来说，只剩下活着。

1996 年，我爸闪电再娶，我的弟弟出生。那是我爸梦寐以求，传承香火的男丁。

从此，他更不会来见奶奶了。

而我妈回来了。她已经有了自己新的家庭，愿意带我走。

奶奶舍不得我，但她知道什么对我最好。临走那天，她一直在轻轻抚摸我的脸，眼睛里像盛着一碗透明纯净的水。

她说："倩倩走吧，要听妈妈的话。"

我说："那我走了，谁陪着奶奶呀。"

奶奶抽了抽嘴角，把我紧紧地抱在怀里，无声地哭了。

她这一生呀，好像都在送行了。后来的几年，都是姑妈在陪着她。那时候，姑妈下岗了，在市里做了家政。奶奶心里是不愿意见到的，虽说职业无贵贱，可某些遥远的记忆还在啊。曾几何时，她也是被人伺候的小小千金，如今女儿却要落得要替人服务了。只能叹一声，人生起伏，命运无常吧。

2006 年，奶奶 83 岁。有一天，奶奶不小心摔了一跤，身体就不行了。

接到姑妈的电话，我飞快地赶回去。奶奶躺在床上，像一叶年久失修的小舟，快要沉没了。

她见到我的时候，眼睛里瞬间有了光，却又悄然黯淡了。

我知道，她看错了。她等她最爱的小儿子，已经等了十几年。而我爸，直到最后的一刻，才决定赶过来。可惜，他来晚了。

也许奶奶累了吧，不想再等了。她这一生，富贵过，贫穷过，快乐过，悲伤过。她经历了一个世纪的颠沛流离，甜少苦多。留下些遗憾，也就无所谓了。

奶奶叫章月英。是的。她是有名字的，奶奶并不是她的名字。这些年，我读了大学，结婚生子，做了妈妈，越发体会到奶奶的凄苦。

她从小被教育做一个温柔贤德的女人，她少女时期应该也有过很多美好的期许。可她改变不了什么，多舛的人生，注定是首时代的悲歌。

有时觉得，奶奶一生都是坐在床上的那个新嫁娘，永远等待着命运去揭开那块蒙在头上的红盖头。

她是孤独的，是一个被大时代所吞没的女人。唯一能做的，就是用一生的优雅，从容地审视着人间潮起潮落的欢喜与悲凉。

一朵独自盛开的小花

我有个幸福的家。我爸在事业单位上班，收入不高不低。我妈22岁嫁给我爸后，做了全职主妇。1995年，生下我。1997年，生下妹妹。

我们上饶这边，还是有些重男轻女的。奶奶那边更爱叔叔家的小儿子，不过对我们也从没刻薄过。至于说偏心呢，家里可能更偏我一点。也许我是家里的第一个孩子吧。

是的，以前我一直是这么认为的。然而事实的真相并不是这样。

2012年我进入大学，认识了我后来的老公。我俩经过4年长跑结了婚。他的家庭挺好的，人也高大帅气。公婆开明，相处愉快。

2017 年，我怀孕了。因为婆婆还在上班，8 个月的时候，我就回娘家养胎了。我妈前前后后地照顾我。

有一天午后，我午睡起来。我妈切了西瓜给我。那时已是 10 月末。

我妈妈感慨地说："现在的条件可真好啊，想吃什么吃什么，这个月份都能吃到西瓜。"

我就说，"听这意思，你怀孕的时候，我爸亏待过你？"

一句话，仿佛碰触了我妈的心事，忽然她就怔住了。

我问："怎么了，我爸还真欺负过你呀？"

其实，我是开玩笑的。因为我爸性子特别温和，单位里有名的老好人，亲友里有名的好丈夫。印象里，我爸和我妈几乎没有红过脸，做什么都有商有量。所以我妈被我问住，我还挺意外的。

而我妈呢，缓缓叹了口气，告诉了我一件无比震惊的事。

她说："我哪儿怀过你呦，你是抱来的。"

一时之间，我有点消化不了。我听过抱养孩子的事，但我没想到会发生在自己身上。

父母对我，真是万分疼爱。出嫁那天，我爸拉着我的手不放，哭得泣不声。我完全不能想象，我不是爸妈亲生的。但我妈很肯定地告诉我，这是真的。

我只好追着问："你们为什么要抱养呀？"

我妈叹了口气说："你爸不能生。"

我问："什么原因啊，没治疗吗？"

我妈的脸色就更难看了。她抿着嘴，还没开口，眼泪先下来了。像是受了巨大的委屈。

我很心疼，但又忍不住追问，"是没治好吗？"

话都说到这儿了，我妈干脆心一横，终于说出了多年不能说出口的秘密。

她说："还治什么治啊。你爸先天有缺陷，他就没有那个功能。"

我震惊得嘴都合不上。

这一天，我妈和我说的每一个话题，都令人震撼。我真想不到，这么多年的风平浪静之下，我妈背负了多少难以言说的委屈。

我突然想起来问："如果我爸是先天的，那我爷爷奶奶应该早就知道吧？那他们还让我爸讨老婆，他们……"

我妈微微一停，哭得更伤心了。

她说："他们就是骗婚。"

我妈其实有个青梅竹马。一起玩耍一起读书。高中时代，互相表了白。当时想着，将来工作了就结婚。可是男孩家里穷，学习也不好。高中毕业后没个正经工作，到处做临时工。我外公家里条件相对还是不错的，所以一直不同意他们在一起。

　　初恋当时说过要和我妈私奔，被我妈拒绝了。我妈是那种非常传统的女孩，性情柔软顺从。从小读什么书，上什么学，找什么工作都是家里做主。我外公要是不同意她做什么，那她一定不敢做。

　　当年流行穿碎花的短裙子，也就是比膝盖高一点吧。被我外公说了一句不成体统，我妈就再也没穿过。

　　1990年，我妈22岁，通过媒人牵线认识了我爸。我妈读了高中，我爸大专。那时候，算是高学历了。他毕业就进了事业单位，是让人羡慕的铁饭碗。

　　我外公看我爸条件不错，人也踏实，就拍板定下了这门婚事。而我妈根本没有选择的余地。

　　家里订下，她只能嫁了。可那时他们忽略了一件事，我爸比我妈小两岁。

　　当时才20，刚刚参加工作，如果没什么隐情，用得着这么急吗？

　　新婚之夜，我爸给了我妈一个吻就睡了。我妈那时年轻，面皮薄，不好意思问。可一连七天，我爸都不碰我妈一下。我妈觉得不对劲了，问我爸什么原因。

　　我爸开不了口，把我奶奶推了出来。

　　奶奶告诉我妈，我爸受了点伤，正积极治疗呢。

　　我爸看的是男科，我妈自然不方便跟着。隔段时间问问，我爸就说医生骗钱，再换一家医院治。大概一年多过去了，我爸丝毫不见起色。

我妈就悄悄联系了省里的大医院带我爸去看。我爸没办法，硬着头皮跟着去了。

我妈这才知道，我爸是天生的生理缺陷，不能治。

我妈回家就气哭了。她才20多岁，等于守了活寡。

她气得质问我爸："你早知道对不对？你骗着我结婚，这不是坑我吗？"

她收拾东西，准备回家告诉我外公。

然后，我奶奶来了。奶奶是个极强势的女人。她进来知道我妈要回娘家，砰一拍桌子说："还反了你了！这是你想来就来，想走就走的！嫁到我们家，死了你都是我们家的鬼！"

我奶奶真的太厉害了。明明是自己做了亏心事，可她反客为主，把我妈训了一顿。听我妈转述，我都能感受到那种强烈的窒息感。

奶奶指着我爸问我妈："我儿子除了不能和你上床哪儿不好？对你百依百顺，你到哪儿找这样的好男人去！我告诉你，别以为你年轻就有仰仗。你离了可就是二婚了，还想找什么好男人？到时候，人家问你为什么离，你说男人不和你上床，你丢不丢人！"

我妈从小就被我外公严管，被我奶奶一顿劈头盖脸地训骂后，一下子退缩了。那还是谈性色变的年代，只有不三不四的女人才敢说追求性。赌气回娘家好说，回去以后的事，真的太难了。她都不知道，连短裙都不让她穿的外公，会不会同意她离婚。

我妈左思右想，最终留了下来。

我奶奶有一样没说错，就是爸爸对我妈，是真的好。他是十全九美的男人，我妈说服了自己，就这么认了吧。只是，那个时候生不出儿子都要骂女人肚皮不争气的。我爸一直无后，我妈只能替我爸担下了所有的骂名。她心里真的苦，但没法说。二十几岁就困死在了无性婚姻里。

1995年，一对夫妻，生了二胎。计划生育严查之下，这个孩子留不得了。我奶奶认识他们，在农贸市场里卖菜。于是第二天，奶奶带着我妈去把孩子抱了回来。

我妈说那孩子不像别的婴儿皱皱巴巴的。长得可干净了，白白的，特别好看。她一眼就喜欢上了。那个孩子，就是我。

说实话，第一次听说自己的身世，没有太多悲伤。或者说，来不及悲伤。巨大的秘密接二连三地砸下来，我哪有多少心情为自己唏嘘。可是突然之间，我又想到了一个问题。如果我爸不能生育，那么有一件事就有些蹊跷了。是有关我妹妹的。

我问我妈："不对呀，我见过你怀妹妹时的照片呀。"

我妹比我小两岁，虽说那时候我不记事，但我妈大肚子的相片家里还是有的。

我问："你们是为了掩人耳目弄的假肚子？"

我妈微微一怔，哇的一声，又哭起来了。

她说："你妹是我生的，你就别问了。"

我的头一阵眩晕。我不知道，这一天还要接受多少超出我想象的事。

我妹是 1997 年出生的。虽然年龄比我小，但性格比我硬，办事果断。有时她比我更像个姐姐。不过有关妹妹的来历，我妈没有告诉我。她说，那是她的一个屈辱，不想再提。我听着心里难过，不敢再问。

我都是要做妈妈的人了，明白有些深埋的往事，不能去碰。心理上的二次伤害，有时更致命。

妈妈不想讲出来，我就帮她掩住别人不知道的伤。

那天之后，我和妈妈谁也没有再提那天发生的事。可是我的生活，就在那个平常的午后，因为一盘西瓜，滑进了平行时空。

一切好像都没变，又好像一切都变了。

我、爸爸、妈妈、妹妹之间突然就没有了血缘，但他们依然是我的爸爸、妈妈和妹妹。每天傍晚，爸爸下班回来，我都会和往常一样亲切地打招呼。可这样的亲切里，却多了份无声无息的异样。其实我爸对我妈，对我们姐妹是真的很好。他这个人，几乎没有爱好。平日生活，两点一线，不在单位，就在家里。每个月的工资都给我妈管，在自己身上很少花钱。不论是做家务，还是带孩子，他从没有缺席过。

　　我妈自己说的，她怀孕的时候，我爸明知道那不是他的孩子，依然精心照料，让她很是感动。曾经我以为，我爸是天下最好的男人。可现在我才懂，他是心里对我妈有愧啊，所以才用一辈子专注的好来补偿。

　　后来的日子，依然是平静如水。我生下一个女儿。2019年，又生下个儿子。生活越发圆满，心里就越发为我妈遗憾。她已经50岁了，半世青春，埋葬在一个谎言里。

　　我没有再提过我爸的事。无解的问题，说了也只是在心里添堵。

　　2021年3月，我妹结婚。她嫁给了相爱的男人。婚礼上，我爸没有像送我出嫁时那般掉眼泪。

　　细细回想过往，他到底还是介怀的。以前觉得他偏爱我，是因为我是长女。现在才明白，我妹的出现就等于暗示着他不为人知的耻辱。

　　婚礼第二天，我妹和她老公飞往海南度蜜月去了。

　　我在家里和老公吐槽，疫情之后，再没旅行过。

　　就在那天晚上，我妈打来了电话，说："和你说个事。"

　　口气蛮认真的。我问："怎么了？"

　　她说："我和你爸离婚了。"

　　我差点惊掉了下巴。我真没想到，我妈一辈子都选择认命，却在安享晚年的时候，站起来离婚。

我当即赶去了父母家。我爸不在,只有我妈一个人。

其实,我是不想我妈离的。客观条件上,不合适。她一直没工作。

可她告诉我,她早和我爸谈好了,只等着妹妹成家。

我说:"何必呢?年轻的时候都没追求过,老了,到了搭伙过日子的时候,干吗离呀?"

妈妈黯然地说:"妈妈就是个失败的人,我甚至都不算个女人。我50多岁了,你们各自成家,我也想换个活法。"

那是我第一次在妈妈的眼睛里看到一种不可阻挡的坚毅。

我不得已,给妹妹打了电话。我们姐妹想的都一样,不想妈妈一意孤行,要不然日后的生活太难了。可我们都低估了我妈的决心,她还是和我爸离了。她没要房子和车子,只要了存款。

因为我妈没有住处,暂时还得和我爸住在一起。

我奶奶知道他们扯了离婚证后,都快气疯了。直接找上门!

这一段,是我妈后来告诉我的。

奶奶对我妈破口大骂,说我妈忘恩负义,不要脸,这么大岁数都不安生。我爸养了她一辈子,给房给车,管孩子,做家务,她还有什么不知足。

70多岁的老太太,气势丝毫不让当年。奶奶指着我妈的鼻子说："你要么复婚，要么拿东西滚出这个家！"

她以为，我妈会像当年一样退缩害怕。可我一生顺从的妈妈只回了一句话。她说："我这辈子都快过完了，还有什么好怕的吗？"

说完，她就收拾东西，搬走了。

我妈在一家酒店找了份端盘子的工作，拖着一只皮箱住进了员工宿舍。许多人不能理解她。自从嫁给我爸之后，她没上过一天班。我爸尽可能给她养尊处优的生活。每一年，都要带她去旅行。因为我妈喜欢。家里面，他们旅行的相册，有十几本之多。他们总是并肩笑着，仿佛可以百年好合。

其实，婚姻走到这个时候，早应该学会睁一只眼，闭一只眼，多少矛盾都该敷衍而过。

我妈的新工友都说她："你傻啊，你这岁数了，上哪儿再找这么好的男人。"可在妈妈眼里，我爸所有的好，也许只是一个柔软的陷阱。

时代早就变了，离婚再不是什么丑事。如果我爸有半点的恶，都可以是我妈离开他的理由。

可是，没有。我爸真的太好了。对我妈，对我，甚至是对我来路不明的妹妹，他都愿意摘下本已脆薄的自尊去接纳。有人会用暴力拴住一个人，威胁夹杂恐吓。比如，我奶奶。但也有人会用温柔建一座牢笼。

用所有的好，堆积出牵绊。比如，我爸。事实上，离开恶人容易，摆脱好人太难。他的好，是拴在心中沉重的锁。你会觉得愧疚，会觉得不忍，会因此忘了婚姻的本质。

婚姻终究是爱情的归宿呀，而不是无爱聚首，客套生活。

我妈走后，我爸整个人都崩溃了。之前，他觉得只要住在一起就还有希望。可现在他才知道，我妈对他真的了无感情。

他反反复复地对我说："知道吗？你妈跪下来求我，让我放她走。我怎么她了？我限制过她什么？她想干什么我没答应？你们告诉我，她还想要什么？"

其实妈妈要的很简单，只是一份自主的、没有他的生活。但我没法和他解释。我但凡说一句妈妈也有苦衷，我爸就疯起来了，摔东西，指着我骂白眼狼。

那一瞬间，我觉得我爸是真的爱我妈，全心全意地爱着她。我想，我妈也努力过吧，努力地想去爱上他。但性毕竟是爱情里不可或缺的产物。我妈身陷无性婚姻，只能养出亲情，不可能生出爱情。其实我妈没有恨我爸，就已经很善良了。

我妹知道了家里的事，提前赶了回来。那时我妈已经离了。聊天的时候，我才知道，我妹竟然在初中的时候就已经知道爸妈的情况了。

　　我挺讶然的，原来只有我一个人一直蒙在鼓里。

　　我丧气地说："我才是这个家的外人哦。"

　　我妹说："傻啊，有些事不知道才是幸福。家里爸爸偏心得不明显，但奶奶叔叔他们不喜欢我就很明显了。如果不是妈妈将我的身世告诉我，我心里肯定要扭曲的。"

　　忽然知道她为什么比我更像姐姐了，因为她看透了世情。

　　我问："那你知道你亲生父亲是谁吗？"

　　妹妹摇了摇头。所以这大概永远是个秘密了。我妈不说，肯定有她不说的道理。再追问，撕扯开来的可能是妈妈没法再次面对的伤害。

　　我妹说："我原以为妈妈离婚后可能要去找我亲爸，没想到她就想一个人。"

　　是的，我妈只想一个人。我和妹妹都要接她回自己家，可我妈不愿意。我去看过我妈住的宿舍，又小，又脏。只有她的床铺，收拾得干干净净。蓝色条纹的床单，挂着粉色的蚊帐。一小抹阳光，刚好落在她透明的水杯里，微微波澜，折着光。

　　我说："这床太硬了吧，你可以吗？还是去我家睡吧，每天我送你来上班。"

　　可我妈说："床硬怕什么。我现在自己赚钱自己花，从来都没这么开心过。你放心吧。"

有的人一辈子怕寂寞，总想找个伴。可有的人在婚姻里孤独了一辈子，只想跳出来。哪怕只能睡简陋宿舍里的一张硬板床。

前几天，在综艺里听到一首写给妈妈的歌，叫《小镇里的花》。有一句歌词，形容妈妈"艳丽又娇美呀"。

我挺意外的。我们习惯把妈妈定义为慈爱、温柔、忍辱负重、为母则刚……其实，我们是在用道德绑架妈妈放弃自己的人生。

我们不该忘记，妈妈，也是女人啊。她也是艳丽的、娇美的。渴望着爱情的雨露，期盼着精神的自由。

忽然就理解了我妈。这么多年，她是爸爸的妻子，是我和妹妹的妈妈，是奶奶顺从的儿媳，是外公听话的女儿。可她从没做过她自己。她错过了她的爱情，蹉跎了大半个人生。如今，当她一脚踏进晚年之时，想做自己了。我知道，那会苦。但我想，应该去支持她。支持她在 50 岁之后，去做一朵独自盛开的小花。

夏天就要来了，忽然想去给妈妈买一条复古的裙子。齐膝，碎花，就像某一年的夏日，她只穿过一次的那一条。

一切都是最好的安排

2021 年 10 月，有位高大帅气的大叔来公司接我吃饭。他身高一米八二，高鼻梁，大眼睛，没有中年男人的大肚腩和地中海。

同事八卦，问我是不是大叔男朋友。

我笑翻了，其实那是我小姨父。不过差一点点，就是我爸了。

有时不得不感慨，人各有命。年轻时的一个选择，成就两种不同的人生。比如，我妈和我小姨。

我姥爷有两个女儿，一个儿子。我妈是老大，生在 1970 年，我小姨生在 1972 年。姥爷家在河北崇礼，2022 年冬奥的滑雪场就在那边。我妈的童年，家里异常贫穷，一天只吃一顿饭的那种穷。

我妈说："小时候早早就上床睡觉了，因为醒着就会饿。"

家里三个孩子，我妈最爱读书，成绩好，小学初中都是班长。老师都说我妈是考大学的料。可我妈没上高中，而是选了卫校。因为不要学费，每个月还给补贴，毕业能直接工作。这也成了我妈许多年的遗憾。

1988年，我妈到县城医院实习。上岗的第二周，急诊送来了一个浑身是血的男青年。他是县中学的老师，为了救乱跑的学生，被大解放卡车给撞了。当时在县里还小小地轰动了一下，成了学雷锋的典型。这位善良勇敢的男青年就是我爸。

我爸比我妈大4岁，师范大专毕业，在中学做英语老师。住院期间，护士长觉得难得有个受伤这么全面的病人，每次换药护理，都会带上几个实习生。有时候简单的换药，就会让我妈她们一起。

我爸说："我妈是手最轻的一个。"

我爸在医院住了一个月，我妈和他几乎天天见面。一个是光环加身的小城英雄，一个是年轻漂亮的可爱护士，两人很快就有了感情。

我爸出院后，就和我妈谈起了恋爱。我妈心里对读书人是有加成的。她觉得我爸人品好，学历高，人长得也不难看，一下就坠入了情网。

可是姥爷和姥姥都反对。

我爸是农村人。奶奶常年卧床不起。家里还有两个妹妹，一个弟弟，家庭负担太重了。

我姥爷那一辈人管孩子可不像现在这么客气，对我妈各种打骂。有一次，姥姥在街上正好遇见我妈和我爸约会。她顺手拿起路边的木棍，追着我妈打，把我妈的头都打破了。

我妈说，这是她为什么想找个有文化的男人，一辈子温柔斯文，不会开口就骂。

1990年，我妈20岁，开始有人上门提亲了。我妈当然是一一拒绝。有一次，媒人来了，说这次条件很好，大高个，长得帅，会唱歌，在市里的歌舞团工作。我妈还是不肯去。

当时我小姨正好在家里。她说："我姐看不上，那我去好了。"

小姨各方面条件不如我妈。我妈长得白，我小姨长得黑。我妈一米六五。小姨一米五八。我妈中专学历，小姨初中毕业就进工厂了。以前邻居开玩笑，说我妈像是千金大小姐，我小姨像是伺候大小姐的小丫鬟。

那天相亲回来，我小姨可激动了，进门就嚷嚷，太好看了，就没见过这么好看的男的。那个人就是我小姨父。

可以想象的，现在我同事见了他都说是帅大叔，当年必是玉树临风，光彩照人。

我小姨父是本地人，比我妈大两岁。读的音乐附中，民族唱法，毕业后考进市歌舞团。小姨父在团里处过对象的，一个跳民族舞的女孩。谈了有一两年，到了谈婚论嫁的年纪，女孩却甩了他，嫁给了领导的儿子。小姨父一气之下，回老家相了亲。

当时他看到我小姨，心里很失望。因为介绍人和他说的是我妈，差距太大了。可他后来想，好看有什么用呢，找个朴实无华的才能过一辈子。于是，他和我小姨就谈上了。

1991年，我妈和我小姨在同一年出嫁。我姥爷同意我妈嫁给我爸，一是不想小女儿嫁在大女儿前面。二是时代也变了，提倡自由恋爱，他也管不了。

我妈4月办的婚礼，我小姨6月办的。好多人在婚礼见到我小姨父，都私下里嘀咕，配错了，应该找我妈才是郎才女貌。可那时我妈觉得自己找到了真正的幸福。

我爸是那种典型的好男人。每天工作认真，回家还会做家务。家里的大件衣物都是我爸洗，做的饭菜也比我妈做得好吃。

1993年，我出生了。我爸视我如掌上明珠。别人家爸爸，大男子主义，回家连孩子都不抱一下。我爸给我喂奶换尿布，丝毫不嫌弃。姥姥在世的时候，常说以前看走眼了，嫁给我爸，是我妈的福气。可有时候，幸福是不能比较的。哪怕手握人人称赞的宝物，一样会羡慕别人身上那些得不到的快乐。

其实小姨刚嫁小姨父的时候，生活并不如意。20世纪90年代，歌舞团基本上就是名存实亡，根本挣不上钱。我小姨父每天晚上在歌厅和夜总会赚外快。那时他们住在歌舞团的宿舍里，厕所厨房都是公用的。

1992年，我小姨生了一个女儿。婆婆在产房看了一眼就走了，再也没来。当时姥姥过去伺候月子，气得哭了好几天。到了1993年11月，我小姨又生了儿子，婆家才有了好脸色。

也是那一年，小姨父帮朋友录了一盒电子配乐的老红歌，有《太阳最红，毛主席最亲》《唱支山歌给党听》……

当时都是港台歌曲当道，可这张专辑却意外走红。作为演唱者之一，小姨父有了点名气。

1994年的时候，央视的一个晚会，我小姨父露了脸，跟几个人合唱，分了好几句。当年央视的影响力和现在不一样。不是名气的问题，而是一种能力的认可。之后他在北京认识了一些朋友，1994年底，北京一个歌舞团给我小姨父下了调令。

小姨父人生的转折点来了。机遇明晃晃地摆在眼前，却不是想拿就能拿得到的。

现在很多人可能不会理解，转个工作而已，有什么难的。可事实上，不是北京要人，你就能走的。这边的单位不给办手续，哪里要你，你也走不了。因为有些人，自己困在小地方郁郁不得志，就看不得别人好。眼看着你山鸡变凤凰，偏要把你卡死在鸡窝里，还美其名曰，不能让人才流失。

我小姨父求人送礼，怎么着都不行。关键时刻，我小姨出马了。

小姨说："你们文化人要脸，我没文化，可以不要。"

那时候，小姨是真豁出去了。天天去堵办关系的领导，一哭二闹三上吊。最离谱的一次，小姨跑到那个男领导的办公室放下话，我男人留一天，我就闹你一天，留一辈子，我就闹一辈子！你敢让我不好过，我让你们家上下十八代不好过！

阴暗的人多半欺软怕硬，碰上我小姨这样的硬茬子，半个月就放行了。

后来，我妈说我小姨，你可真敢干！

我小姨说："那可是北京！错过了，这辈子哪儿还有翻身的机会。"

1995年，小姨父调进北京。一年后，我小姨带着两个孩子跟过去。三年后，把户口转进北京。前后这三四年，小姨混了一个夜大的大专文凭。小姨父托人把她弄进了加油站。

1999年春节，小姨一家回来过年。闲聊的时候，有亲戚说我妈，你以前那么爱读书也就是个中专。你妹这不爱看书的，混着混着，都成大学生了。

虽然那时我小，但我记得特别清楚，我妈当场脸色就变了。

回家之后，我妈哭了。我爸安慰她说，读书是为了提高自己修养，不是为了要个文凭。书读到自己的肚子里就够了。

我妈推开我爸，说："不够，一点都不够。"

应该就是从那时开始的吧，我妈对曾经人人夸赞的幸福动摇了。

之后就是房价飞升的 21 世纪。

我小姨没文化，但有眼光。她在 2008 年之前，在北京三环内置下四套房产。后来亲友都说我小姨是人生赢家。有个又帅又有才华的老公，有儿有女，还有房有钱。

谁不羡慕呢，特别是我妈。

我家那几年生活不能说艰苦，但也不富裕。我爸这个人教学行，搞关系就不行了。年年拿先进工作者，可是连年级主任都当不上。而我妈这边，干到头也就是个护士长。

2002 年，奶奶病危。我爸是老大，又是唯一跳出农门的，出了许多钱，最终也没有救回来。

2003 年，姥姥早期肝癌。手术，化疗都要钱。我舅舅出了一部分，剩下的全是小姨出的。

我爸我妈床前床后的伺候，姥姥最后还是夸小女儿，说多亏小女儿有钱，救了她的命。

那时候，我最怕我妈和我小姨通电话。电话里，她们有说有笑，唠家常。放下电话，我妈能乌云压顶好几天。我爸小心翼翼地伺候着，生怕说错话，挨她一顿骂。其实那时我妈也才30多岁，可一身的怨气，越来越像个中年怨妇。

2005年，我上初中前的暑假，小姨邀请我们一家去北京玩。我玩得特别开心，去游乐园，去博物馆，看天安门。可我妈脸上连个笑容都没有。说实话，现在只要有钱，小城和一线城市的生活质量不会差太多。可那时候，真是天壤之别。

回想起来，我妈肯定是嫉妒了。而更重要的是，原本这一切，本应该是属于她的，是她亲手让给了我小姨！

记得快回家的那天，小姨一家请我们在全聚德吃饭。一起的还有老家的邻居，他们也来北京玩，小姨就喊上一起吃顿饭。

那天吃饭时，正好遇见小姨父的一群朋友。因为大家都很熟，口没遮拦。一个说，你大姨子这么漂亮，和你老婆不像一个妈生的。那个邻居话多，自来熟，就插嘴说，原本他要娶的就是老大的。

虽然这是个事实，但在座的人都尴尬了。尤其是我小姨，脸色铁青，像一枚点了引线的炸弹，下一秒就要炸了。

那些年，人人都觉得我小姨特别幸福，但事实上，小姨活得也并不轻松。小姨父是那种很有自知之明的人。进京后，并没觉得自己马上要成大明星了，反而很快认识到北京文艺界是人尖子扎堆的地方。想熬出头，能力、努力和运气缺一不可。所以他选择了半转行。他到中央音乐学院进修了作曲，又自学编曲MIDI制作。

好多人说他条件这么好，不搞演唱事业可惜了。但小姨父心里清楚，英俊的外表，好听的嗓音都是易逝品，只有技术在手，才能恒久远，永流传。

之后，他当了音乐制作人，给人写歌录制，也不少赚。尤其2008年左右，但凡有点名气的大小明星，都要唱个歌蹭奥运热度。我小姨父赚得盆满钵满。

本来他和小姨的生活，神仙都要羡慕了。可小姨每天患得患失，提心吊胆。

小姨父那个工作环境，不敢说美女如云吧，年轻小姑娘真的是一抓一大把。小姨父那么帅，再加上又是制作人，投怀送抱的，大有人在。

有时也怨不得我小姨小气。有一次，她坐在家里看电视，挑衅的短信直接发到手机上，说她配不上我小姨父，劝她离婚。

小姨父对此的态度是别理。

他和我小姨说："我美女见得多了，就和银行柜台似的，钱数多了，人民币拿在手里就是纸。我心里只有你。"小姨父也确实是这么做的，走到哪儿都会介绍我小姨。可我小姨心里，总怕自己是一碗糟糠，说不定哪一天，被我小姨父扔掉了。

那时小姨父40岁左右，就和吃了仙丹似的，一点都不老。小姨那两年，拼命折腾自己。先是割了双眼皮，后来做了下巴，然后又整鼻子。

记得是2010年过年回家，我姥姥看见她，气得直跺脚。

她说："你看看你，把自己搞成个什么鬼样子！"

那时我上高三，说心里话，我觉得还挺好看的。虽然有点假，但比她以前好看很多。可后来小姨开始跑偏了，整完鼻子觉得眼睛不对，修完眼睛，又觉得下巴歪。

2011年，我考上北京的一本大学，每个周末都会去小姨家。那时候，表姐已经去香港读书了。表弟到美国读十一年级，为大学做衔接。小姨让我经常过去。她说，多亏有你，要不然家里空了一半。

那时候，小姨喜欢问我，你看我脸奇怪不，是不是不对称，你觉得我眼睛闭紧了吗？

小姨父在她身后，悄悄对我点头。

229

有一次，我小姨突然转头对他喊，别背着我做事，当我傻啊！

那种压迫感，让我瞬间想到了我妈"乌云盖顶"的脸。

我觉得小姨折腾自己折腾错了方向。她不是外在配不上小姨父，而是内在的气质跟不上。小姨父已经有点艺术家的意思了，而小姨却逐渐网红化。她花那么多精力在脸上，还不如多读点书，提高自己的内在。

当然，这话我可不敢说。

有了微信后，我和表姐常常聊天。她说，她和弟弟都不愿意留在北京上学，就是为了逃离这个家。她还和我说了一件蛮离谱的事。

有段时间，小姨每天晚上让小姨父"交作业"。

小姨父说："都四十多了，天天交扛不住啊。"

小姨就各种闹，这些话全都不回避我表姐表弟。

听起来很是夸张，想想她当年去领导办公室闹的样子，也就不奇怪了。只是，时代终究是改变了。有些事物，只在某个时间段里是合理的。时过境迁，会变得有点疯狂。

2015年，我大学毕业，小姨父托人把我安排在了北京。表姐比我厉害多了，考到复旦读研究生。表弟基本就定居美国不回来了。

第二年，小姨做了一个惊人的决定。她和我小姨父离婚了。

对于我们外人来说，毫无征兆。可对小姨来说，却是蓄谋已久。她谁也没商量，拿了离婚证后才给我妈打了电话。

我妈赶紧让我去看看小姨。我去她家的时候，小姨父已经搬走了。小姨一个人在家里，两只眼睛哭得像烂桃子一样。

我问她："为什么呀？"

小姨说："我终于轻松了。这些年，我活得太累了。我快被逼死了。"

那时候，好多人都传是我小姨父出轨了。因为一段婚姻总要有一个强有力的外因才会破裂，很少会无疾而终。

我问过表姐，她坚定地认为我小姨父不可能出轨。

她说，如果我爸看不上我妈，不会等到现在才看不上。

其实，小姨也从未说过小姨父出轨的话。她只是说自己被逼得喘不过气。她不停地想跟上小姨父，最后却把自己搞崩溃了。

人有时就是这样吧，拥有一件超越自己能力范畴的东西，不一定是幸福。因为害怕失去的恐惧，会日夜啃噬心灵。

我妈知道我小姨离婚的那天，她和我爸正在姥姥家吃饭。姥姥气得要死。就连小舅舅也插嘴说："这么好的男人,她也不知道珍惜。如果当初是大姐嫁过去,肯定把日子过得红红火火。"

我爸在一旁,啪地一拍桌子就走了。

这事是小舅舅和我说的。

我爸很少发脾气,但那天火气被点起来了。大半辈子都过完了,他们没有大富大贵,却也算得上是比下有余。只是我妈心里,始终翻不过那个坎。被舅舅一说,这个坎又冒了出来。我妈总想着,那天但凡去看一下小姨父,她的人生可能就和我小姨互换了。

再后来,就是 2018 年了。我姥姥姥爷在那一年,相继去世,前后隔了四天。两人一起下的葬。

葬礼后,小姨在老家住了一段时间。有一天做饭,我妈和我小姨聊天,我妈就数落起小姨了,说她太儿戏了,说离就离。不知怎么就夸起小姨父的好,说我爸不好,木头一样,不会挣钱,跟着我爸太苦命了,还说当初就应该自己去相亲。

然后,外面哗啦一声。

是我爸,正好在外面全听见了,气得把客厅的鱼缸砸了。

这些年,我不在家。我想,爸妈之间的矛盾可能早就埋下了。只是我不知道而已。小姨的离婚,终是成了他们之间的导火索。

2019 年春节后，我爸妈也离了。

我当时在北京。虽然那时候我已经 26 岁，可是知道他们离婚，心里特别难受。其实我特别想问我妈一句，如果我小姨没去北京，没有钱，你还会觉得自己的人生不幸福吗？自己活得好与不好，为什么要和别人的人生去比较？我爸善良、正直、包容、勤劳……这些优秀的品质，真的比不上钱重要吗？可他们是父母，我管不了。又或者她和我爸之间，已经不是有没有钱的问题。

后面就是疫情了。疫情那几年，表弟一直想回来。到了 2021 年 10 月，才辗转周折回国。隔离结束出来的那天，小姨父拉上大家一起吃饭。小姨也来了。吃到一半，有个女人给我小姨父打电话。虽然小姨没身份管，可她还是摔了筷子，走了。场面一度尴尬。

后来，大家都有点喝多了。我半开玩笑地问小姨父，如果当初是我妈去相亲，你是不是不用受这么多气。

小姨父问我："如果我当初娶你妈，你觉得她能为我去领导办公室那么放肆地闹人家吗？我有今天，是托你小姨臭脾气的福。所以我一辈子惯着她，包括离婚这件事。"

我忍不住在心里惋惜。

我妈总觉得她和我小姨错换了人生，可事实上，一切都是最好的安排。她一直拥有最适合自己的那一个，可她却从未珍惜过。而我小姨呢？明明用自己的泼辣换到了男人难得的忠诚，可是到老，她都不敢相信自己有这样的魅力。

其实人生短短几十年，真情难求，真爱稀缺，能拥有什么，就去好好珍惜什么吧。有些错过，或许才是真正的命中注定。

爷爷的牛肉粉

1998 年，我家里发生了好多大事。我弟弟走丢了，奶奶自杀了。而我爸和他的第二任妻子离了婚。我爷爷每天不吃饭，愁眉苦脸地坐在屋檐下抽烟。我觉得自己快要爆炸了。

我家在湖南的小乡村。人们常说湖南七山二水一分田，山里的小村子非常贫困。爷爷有我爸和我姑两个孩子。为了给家里减轻负担，我大姑 18 岁就远嫁去了河南。

我爸是村里少有的几个读了高中的孩子。毕业后，在株洲市里找了工作，后来有机会学了开车。1987 年，因为人长得精神，又有文化，给厂领导做了司机。那个年代，司机是个很让人羡慕的职业。

后来相亲认识了我妈。我妈家境不是很好。我外公去世得早，外婆一个人把她带大。我妈是那种知书达理，很秀气的女孩。我爸对她一见钟情。

1988 年，他们结婚了，次年生下了我。我爸很想要儿子的，让我妈接着生。

1990 年，我妈又怀了一胎。可能是一二胎离得太近吧。8 个多月的时候，突然大出血。当时医疗条件有限，人没抢救回来，小的也没保住。所以妈妈对我来说，只是几张泛黄的老照片。

我妈去世后，我爸把我寄养在外婆家。可我外婆身体不好，带不了小孩。

1991 年过年，我爸借着回家，把我送去了农村爷爷家。

从我记事起，都是爷爷奶奶照顾我。奶奶是个勤快但嘴巴很臭的女人，喜欢骂人。谁要是惹她不高兴，不论是外人，还是家人，各种粗鄙脏话，层出不穷。爷爷性格忠厚老实。奶奶要是骂人，他就堵上我的耳朵，不让我听。然后告诉我，可不能学你奶奶，要不然将来嫁个像你爷爷这样种地的。

爷爷特别疼我。家里好吃的东西，他舍不得吃一口，一定全都留给我。奶奶总是说，女伢子，赔钱货，疼也是白疼。可我爷爷不听，还是把菜里的肉都拣给我，笑眯眯地看我吃。

1993 年春节，我爸带回来一个女人，让我叫她妈。那是我爸娶的新老婆。我对亲妈没有一点印象，所以毫不抗拒地就叫了。继母很高兴。

那时候，爷爷以为我爸会把我接走。可是，没有。

我爸和他说："你再带两年吧,等小珊上学了再说。"

那一年的年底，我弟弟出生。奶奶过去帮忙伺候月子，带孩子，把我和爷爷留在村里。

1995 年，我上小学。我爸压根没提接我，安排我上了村小。只有偶尔六一、春节之类的节日，才会接我过去玩一两天。

那时我也大了，慢慢有了比较。爸爸和奶奶对弟弟的偏爱，是显而易见的，更不用说继母了。

有一次,我问我爸:"我以后过来,住哪个房间啊?"

我爸在市里住的是楼房，很老的两居室。

我爸还没说话，奶奶就说："这里哪有你的地方，你和爷爷住就行了。"我心里的委屈瞬间淹没过来，一个人偷偷躲到厕所去哭了。

小孩子没志气的，不敢找欺负自己的发火，只敢找好欺负的撒气。是的，我把气撒在我爷爷身上。

现在回想起来，真是太对不起爷爷了。每次从我爸那边回来，都要和我爷爷发两三天脾气。说他做饭难吃，说他没有钱给我买零食。

爷爷也不生气。

他总哄着我说："爷爷想办法，挣钱给小珊买吃的。"

我是长大后才知道，我爸从来没给过爷爷生活费。那时候国企改革，我爸下岗了，自谋生路。继母是临时工，挣不到什么钱。我爸有一大家子要养，就把我甩给了爷爷。

爷爷为了让我过得好一点，会想各种办法赚钱。农活不忙的时候，他会上山采药。传说神农就死在我们这里，所以山里有各种各样的药材。爷爷认识许多药材。他曾经给我讲过，可我记不住。

有时候，挖到贵的药材，能卖十几块钱。爷爷就会带我去村口的小店吃牛肉粉。

我的总要多加一份牛肉，多加一勺辣子。香喷喷，热辣辣的美味，悄悄弥合了我童年缺父少母的遗憾。

常有人说，缺少父母关爱的孩子，容易自卑。其实也不一定。

只要在成长中，有一个人诚心诚意地疼爱你，善待你，宠溺你，你一样可以健健康康、快快乐乐地长大。比如，拥有爷爷的我。

时间转进1998年，我家出了大事。4月的时候，奶奶接我弟从幼儿园回家。在楼下院子里和邻居聊了一会儿，让我弟和别的小孩一起玩。前后也就15分钟吧，发现我弟找不到了。

其他小孩说，有个不认识的阿姨要带我弟去看小狗，我弟就跟着走了。具体什么情况，我也不太清楚，总之我弟丢了，一个家也跟着崩溃了。

我爸天天出去找，贴寻人启事，可人海茫茫，根本找不到。奶奶回村里来了，就跟失了魂一样。从前那么嚣张的一个老太太，变得沉默寡言。毕竟孩子是在她手里丢的，我猜我爸和继母没少责备她。何况我弟是她的心头肉。

有一天，吃晚饭，我爷爷炒好了菜，让我去叫奶奶。奶奶突然和我发了脾气。她对着我吼："你现在是不是特别高兴！我告诉你，你别做梦了！你替代不了我孙子！"

我当时吓坏了，完全不明白奶奶为什么会这样对我。

而我一向温和老实的爷爷，也发脾气了。他冲过来，啪，给了我奶奶一巴掌。

他说："你已经害了孙子了，别再害孙女。"

奶奶捂着脸，呜呜痛哭。她哭喊着："我不活了，我想死！"当时我们都以为她在说气话。可没想到，三天后，奶奶就去世了。

我爸办完丧事就走了，继母没回来。那段时间，爷爷特别难过，觉得是他逼死了奶奶。而我不知道怎么安慰爷爷。每天看他不吃饭，愁眉苦脸地坐在屋檐下抽烟，心里毛毛的。

我悄悄把家里的农药全扔了，晚上有一点动静，就会惊醒。

有一天爷爷要打虫子，找不到农药了。

我放学回来他就问我看没看见。

我哇的一声哭出来。我说："爷爷，你可别扔下我啊。"

爷爷就知道怎么回事了。他红着眼圈，抱着我说："傻孩子，爷爷还没看见小珊长大嫁人呢，哪舍得死呦。"

慢慢地，我和爷爷的生活恢复了往日的平静。但我爸却彻底地改变了。奶奶去世后不久，我爸就开始到外地找我弟。

大概是半年后吧，继母和他离了婚。一是失子之痛，二是日子也过不下去了。我爸把所有的精力和钱都花在了找我弟弟上。继母受不了。

那些年，我爸就跟疯了似的。有钱了，就到外地去找。没钱了，就打打工，攒点钱。然后再出去。他跑过河南、河北、山东、江苏……走到哪儿都拿着弟弟的相片到处问。而我跟着爷爷，相依为命。

中学，我是到县城里读的。义务教育花不了太多钱。

2004年，我考上了株洲市里的高中。学费加住宿，我爸只给了我800块。他说他实在没有钱。只能靠我爷爷想办法。

我心里是气的。多少年过去了，他仍然要去找他被拐的儿子，却对身边的女儿熟视无睹，不管不顾。所以这辈子，我只认我爷爷。

2007年，我考上了长沙的一本大学。我爸出了1000，其他让我自己想办法。爷爷为了我上学，四处借钱。后来还是远在河南的姑姑帮了我。

大姑活得也不容易，没有文化。当年为了我爸上学，那么年轻，就远嫁了。姑父家以前比我们家还穷。记忆里，也就奶奶去世，回来奔过一次丧。平时，舍不得路费，回不来。但那两年，她和姑父去广东鞋厂打工，手头有了点积蓄。

我在电话里说："以后上班一定还给您。"

我姑就说："是我应该的。我嫁得早，没孝顺过你爷爷奶奶一天。你一直在爷爷身边，替我尽孝，就当姑姑谢谢你了。"

当时，我只觉得难过，噼里啪啦地掉眼泪，并不太懂姑姑话里的含义。因为都是爷爷对我好，我没孝顺过爷爷什么。但上了大学我才懂，可能对于老人来说，儿孙的陪伴，就是一种孝顺。

大一那年的国庆长假，我没有和同学玩，悄悄回老家看爷爷。想给他个惊喜。到家的时候，已经傍晚了。爷爷正在吃晚饭。四方木桌上，一碗咸菜，一个馒头，一碗茶。

爷爷见到我，高兴地说："你怎么不告诉我就回来了呢？我给你做点好吃的。"可我的目光，离不开那碗咸菜。我说："大过节的就吃这个呀？"

爷爷笑着说："我一个人还吃啥呀，不饿就行了呗。"

我瘪着嘴，眼泪忍不住往下掉。我说："以后我不在家，你也要好好吃。"

爷爷点头说："行，行，你饿不饿？给你做饭。家里有肉呢。"

那天，我暗暗发誓，将来一定要努力赚钱，不论走到哪儿，都把爷爷接到身边来。大一下学期，我就开始做家教，打工。接触社会，培养能力。等到大三的时候，我基本不用家里出学费生活费了。

2011年，我大学毕业，回了株洲，考了教师证。我可以留在长沙的，条件更好一些，但我心里还是想离爷爷近一点。

他那时六十八九岁了，走路，拿东西，都没有以前利索。而且他牙齿也掉了好多，连门牙都没了。

我有工资后，第一件事就是带我爷爷去看了牙。想要吃香喝辣的，先要牙口好。

牙医说，像我这么孝顺的孙女，少见。

我爷爷听了美滋滋的，满嘴漏风地吹牛，我孙女可厉害了，名牌大学毕业，现在是老师。

我吓得赶紧说，哪里是名牌大学了，别听我爷爷瞎说。逗得旁边拔牙的阿姨笑。

那时候，有个男生跟着我从学校来了株洲。他叫白航，我们恋爱快两年了。白航也是我们湖南的，家在革命老区，离得不算远。他父母和他哥哥都在老家种地。和家里商量之后，他决定和我定居在株洲。

白航学的新闻专业，在株洲电视台做了记者。爷爷对他很满意。

2012 年，我们买了房子，2013 年 6 月结了婚。彩排婚礼的时候，父亲牵女儿手出场的环节，我要换成我爷爷。

司仪说："不好吧，你爸在场多难堪。"

我心里说，这不正是我想要的。但最终这个环节取消了，我自己从大门里走出来。毕竟大喜的日子，心底里，还是想听到我爸的一句祝福，而不是赌气。

其实工作之后，我和我爸的关系缓和了很多。可能是我成熟了。他几近偏执地找我弟，让人觉得可悲又可怜。有人一辈子干出一番事业，有人一辈子拥有甜蜜的婚姻，而他这一辈子，只是不停地在寻找根本回不来的儿子。

我想，他是病了。心病。

我和白航都不是喜欢小孩的人。约定 30 岁以后再决定要不要生，反正他们家也不等着他传宗接代。

我把爷爷接来住了一段时间。可他觉得市里太闷了，没意思，没多久就回去了。我只好每个月跑回去看他两三次，给他买吃的穿的。

村里人看到我，都说，生女儿也挺好的，谁说不能养老了。不比找个怄气儿媳妇更贴心。

后来这几年，我爸不常出去跑了。可能年纪大，跑不动了。他去录了 DNA，但愿还能找到弟弟吧。

我爷爷一直蛮精神的，有了崭新的大白牙，吃什么都香。其实现在农村建设挺好的，看个小病，开个药也方便。小时候立志把我爷爷接出去，现在反倒觉得比城里更舒心。用我爷爷的话说，活得有意思。

2017 年底，我和白航开始备孕。发现并不简单，肚子一直没动静。看了西医，两人都没有太大问题。之后又看了中医，说我气血有点弱。

这下我爷爷可明白了，一会儿说我手凉，一会儿说我体虚。暑假，原本计划和白航去海边旅行，被爷爷拦住了。70 多岁了，专门跑到城里来，不让我去。

他说："你这身子怎么下水呢，正好放假，你给我在家好好养养身体。"以前没发现他这么专制。可是现在，我哪敢招惹他。毕竟年龄大了，什么都要顺着。我和白航拿他没办法。

在爷爷指挥下，白航学会煲药膳汤。两天一锅。于是这个假期，不但旅行泡汤了，减肥也失败了。

爷爷是 8 月中旬回去的，走之前，他捏着我的脸，小小满意地说："看起来好多了，有肉了。"而我哭

谁不是第一次做人

笑不得。

后来就是 9 月了，刚开学。我正上课，忽然接到村里邻居的电话，说赶紧回来，你爷爷昏迷了。我吓得差点跪在讲台上。

我和白航赶回去才知道，爷爷和朋友上山采药，被胡蜂蜇了。胡蜂的毒性特别厉害，发作得也快。爷爷头上被蜇了 6 针，当时就晕倒了。消防队上来救援的时候，爷爷的血压已经检测不到了。

我到医院时，爷爷都还没醒。医生说："该用的都用了，只能密切观察，就看爷爷能不能挺过来了。"我一直哭，没有主意。而我爸偏巧在荆州。我心里好怕，好怕爷爷就这么走了。

凌晨两点多，白航看我没吃东西，买了泡面回来。可我哪有胃口，不想吃。用手挡了一下，结果汤洒出来了，烫了我的手。

我下意识地叫了一声。就听见我爷爷微弱的声音说："怎么了？小珊，碰到哪里了。"我当场泪崩。

我伏在爷爷身边，激动地说："爷爷，你可醒了，你吓死我了！你这么大岁数上山干吗啊！"

爷爷握着我的手，昏黄的眼睛里，满是泪光。他说："小珊不哭啊，是爷爷不好，吓着你了。以后我不去了，我再也不去了啊。"

我好开心啊，爷爷终于逃过一劫。可我没想到，那是爷爷此生对我说的最后一句话。爷爷说完，就闭上了眼，长长地出了口气。他脸上所有的皱纹，都在那一瞬间舒展了，只有握着我的那只手，一直坚硬着，不肯放。

有时觉得，人生就是场海市蜃楼。满怀希望地扑过去，却只是一段美丽的回光返照。

白航说，爷爷是真疼你。听到你叫唤，还睁开眼睛看看。可是这个世界上，最疼爱我的人，终是走了。而我的人生，还那么遥远那么长。

和爷爷一起上山采药的那个邻居挺幸运的，跑得快，躲过去了。他拿出个布包递给我，打开，是根何首乌，长得像个睡着的小孩子。

邻居说："你爷爷是给你挖这个去了。他说这根都成人形了，给你补身子最好。你带回去吧。"

我抱着布包，失声痛哭。

我叫嚷着说："我要这个干什么！我要我爷爷啊！我要我爷爷！"

可能是我太想爷爷了吧。我时常梦见他。梦见他给我做饭，催我起床。拿着我扔掉的草稿纸，问我，你看看写了这么多字，有没有用？他还会絮絮叨叨地说我太瘦了，捏我的脸，说没有肉。每次醒来，我都有种恍惚感，好像爷爷没有走，刚刚来过我家，给我炖了汤。

　　有些人害怕睹物思人，会把逝者的东西藏起来。可我不是。我想我的生活里，永远保留着爷爷的痕迹。爷爷的手机号，我一直没注销。不论开心或是不开心的事，我都会写成短信，发给他。就当他都看到了。换季的时候，我也会把他常穿的衣服拿出来洗洗晒晒，就当他明年还要穿。

　　白航把爷爷挖的那根何首乌，摆在客厅的展示柜上。有时假日我还会回村里去看一看。

　　我喜欢车子奔跑在乡路上的感觉，好像不一会儿，就可以看见站在村口接我回家的爷爷……

　　年底的时候，我怀孕了。好长一段时间，我心里都带着隐隐的难过。如果我早一点怀上，爷爷就不会离我而去了。可是没有如果。

　　2019 年 9 月，我生下一对龙凤胎。婆家来了好多人，我爸混在里面，显得有点孤单。人人都夸我好福气，一次就儿女双全。我想，是天上的爷爷在保佑我吧。他不舍得我多受苦，让我一次生两个。

　　晚上，我躺在床上给爷爷发了短信。

　　我说："爷爷，我可厉害了，一次生俩，一儿一女。我现在头有点晕，刀口有点疼。别的就都还好。你放心吧。我现在也是个妈妈了！"

　　我又读了一遍，发了过去。没想到最奇怪的事发生了，爷爷竟然回复我了。

他说："小珊吃苦了，你可要好好养身体啊。多吃点，别怕胖，等坐完月子，爷爷带你去村口吃牛肉粉，多加两份牛肉，一勺辣！"

是的，可能你也猜到了，是白航拿爷爷的手机回复的我。

那一刻，我泪如雨下。小时候我很怕坟，觉得有鬼。直到自己有亲人躺在里面才明白，原来小时候怕的鬼，是别人昼思夜想，却再也见不到的人。

我再也见不到你了，我最亲爱的爷爷。真的真的好想你啊。

钻进最明亮的星光里

2017 年，我 32 岁，有了一个女儿。我妈从东北老家来北京照顾我。但出了月子，我就让她回去了。

因为我姥爷病了。那个胖乎乎的，和善的，从没骂过我一句的老头儿，变得会发脾气了。如果我把我妈留在身边带孩子，就没人尽心照顾我姥爷。

我和我老公说："我宁愿自己辛苦点，也不能让我姥爷没人管的。"

老公说："我懂的，你姥爷是你半个爹嘛。"

我姥爷 1935 年出生在渤海辽东湾的一座小城。姥爷的父亲是个生意人，身处动荡的年代，家里还算宽裕，一直供姥爷读书。

姥爷的母亲去世得早，老一代的观念，一个家得有女人操持。于是 14 岁的时候，姥爷的父亲就给他相了门亲事。

1949 年，举国欢庆的日子，姥爷把姥姥娶过了门。姥姥比姥爷大 5 岁。

记得小时候，电视里放过一部老电影，叫《自古英雄出少年》。里面有个自称大丈夫的小孩，家里给他娶了个 20 岁、会功夫的媳妇来管他。

我逗姥爷，说："以前姥姥是不是就这么管你？"

我姥爷说："哪里有，你姥姥待我可好了。"

他的脸上带着喜滋滋的笑，是多年相濡以沫的幸福。

姥姥虽然不像电影里会功夫，可脾气泼辣胆大。

我姥爷性子软，很怕他父亲的。姥姥过门后，事事维护他。老爷子要是发起火，都是我姥姥护着我姥爷。后来，姥爷去外地读书了，姥姥在家里忙上忙下，打理一个家。

1950 年，他们有了第一个孩子，之后十年生了两男三女。他们最小的女儿，就是我妈。正是激情澎湃的年代，姥爷作为新中国为数不多的、读过书、有学历的地质学者，带着全家奔赴新疆，投身克拉玛依油田大会战。生活艰苦，但一腔热血。

1970 年，南大荒奏响"石油会战歌"，宣布辽河石油会战正式开始。35 岁的姥爷正是年轻有为的技术骨干，于是又带着一家人，风风火火地来了辽宁盘锦。那时候，盘锦还未建市，小小的县城承载着一代石油人的光荣与梦想。从此，姥爷所有的孩子，都留在了渤海湾畔的辽河油田。读书，恋爱，成家，生子。

1984 年，盘锦撤县设市。第二年，我就出生了。

姥爷五个孩子里出了两个大学生，一个是我二姨，一个是我妈。特别是我妈，大学学的是石油专业。毕业回来，受到重用。

那个年代，大学生贵为天之骄子。后来，我妈成了石油勘探和开采领域专家中的专家。

海上石油的开采，对男人来说，都是无比艰苦的。何况我妈一个女人。我妈几乎把所有的时间，都奉献给了事业，参加了无数重大项目。当年的"奉献"，是真正意义上不求回报的付出。轮到我这个小小的项目，我妈就没有太多时间照应了。至于我爸，他是刑警队的队长，想想也不可能照顾我。

于是我的姥爷，作为新中国第一代石油人，给了我妈最大的支持。我出生的第二天，他和姥姥就把我抱回了家，好让我妈安心工作。

我老公说我姥爷是我半个爹，不是开玩笑。因为小时候，我很少见到父母，看别的小朋友叫爸爸，我回家就对着姥爷喊爸爸。家里人教了很久，我都改不了。

我姥姥说："还不是因为你姥爷宠着你，怎么就没见你叫我妈呢。"

可能是因为我姥爷是个特别和善温柔的人吧。他从来没有对我发过脾气，永远迁就我各种出格的小愿望。

想起小时候，我最爱的游戏就是当化妆师，给姥爷化妆了。姥爷哄我开心，随我怎么折腾。擦上粉粉的脸蛋，涂上鲜红的唇，地中海的头发，扎出一圈小辫子。有一次，我正化得开心，邻居大爷来找姥爷下棋，冷不丁看见姥爷的脸，吓得一哆嗦。

大爷说："老梁啊，天黑你可别出门啊，还不让你吓死几个。"

姥爷一点都不在乎，还招手说："来得正好，让我外孙女也给你化一个。"吓得邻居大爷落荒而逃。

在我姥爷眼里，我身上全是优点，一点点进步他都记在心里。美术课带回来的作业，每一张都有艺术家的潜质。语文课的作文，姥爷总要我读给他听，然后赞扬我文笔好。

许多年后，才开始流行先进的赏识教育。可我姥爷早早地就用赞美，维护着我心里仅有的，那一点点脆薄的自信。

不在父母身边长大的孩子，不论表面多么张扬，内心都是缺少安全感的。再加上我爸因为职业的原因，为人严厉异常。而我妈，读书学霸，工作专家，在男人扎堆的油田干出一番事业，能力非凡。多少名校生见到她都会自卑，何况我。

真的是要长大成人，才会更懂得姥爷为我守护的这点自信有多重要。他让我相信，虽然父母不在身边，但我仍是个有人疼爱的小孩。即便被爸爸各种数落胆小、懦弱、没用……只要回到姥爷身边，我就是干什么都是最棒的外孙女。

我姥姥说："什么教育不教育的，你姥爷就是惯着你，没把你惯坏就不错了。"但我心里清楚，我姥爷在用自己的方式爱着我。

上学之后，我就被爸妈接回身边了。但每个周末我都会去姥爷家。应该是小学三四年级了，我奶奶家有个表姐喜欢偷大人钱。后来她开始教唆我。说什么不要怕，拿家里人的钱不算偷。

是夏日的一个周末，我姥爷和姥姥在睡午觉。姥爷的凉帽就放在茶几上。那种老式的凉帽，上面有一个保密兜。姥爷总是把钱放在里面。那天我犹豫许久，终是偷偷拿了 10 块钱。

20 世纪 90 年代初，那可不是小钱了，但我并没有因此而开心。整整一个星期我都忐忑不安，最爱的零食，悄悄买了也不香。

再去姥爷家，心里一直默默祈祷姥爷没有发现。其实，怎么可能呢。

　　那里面一共只有 20 块，姥爷早就猜到了。但他没有拆穿我。只是晚上睡觉前，他关心地问我："最近是不是遇到什么事了？如果缺钱就和姥爷说，姥爷不告诉别人。"

　　我摇头说没有，心里说了无数个对不起。长大之后，特别感谢姥爷，在女孩子最敏感的青春期，小心地保护着我的自尊心。

　　让我深深记住了，做坏事是可怕的，会长久地负罪与羞愧。

　　高中开始，学业忙起来了。那是老师疯狂补课的年代。周末再没时间跑去姥爷家里，和他耍赖一整天。

　　说实话，姥爷所有的小心思，都是我在离开盘锦之后才发觉的。比如，他开始每周来我家里了。提着我爱吃的水果和零食，有时候还会让姥姥做好我爱吃的菜带过来。放在老式的红色保温瓶里。晚自习回来，还是温的。我妈说："哎哟，放饭盒里就行了，吃的时候再热。"

　　姥爷说："热两遍就不好吃了。"他喜欢看我呼噜呼噜地吃饭，总是说，我看你好像又长高了一点。其实，没有。可在姥爷眼中，我依然一天一天地长高着。

　　高三，补课补到很晚。姥爷常常在家里坐一天也等不到我回来。走的时候，还得嘱咐我爸妈告诉我，姥爷来看我了。我妈指着一桌子东西说，不说她也知道。

　　成长有时就是和长辈互换角色吧。小时候，刚接回父母身边，我每天都想往姥爷家跑。现在，轮到我姥爷了。以前吃饭，我一定要挨着姥爷坐的，不管在家还是在饭店。因为姥爷要给我夹菜添饭。不知从什么时候开始，换成我给他夹菜剥虾了。

　　高三毕业，我考上了北京理工大学。我爸大摆宴席的时候，姥爷姥姥仍然是坐在我身边。

　　我问他："姥爷，你想吃啥，我给你夹。"姥爷就看着我，美滋滋地笑，好像看见自己奋斗一辈子的油井喷出了油。

　　2004年，我带着对未来的希冀与不安奔赴北京。人人都说北京好，可所有的假期，我都会跑回家。我爸说我没出息，也不去打工，接触一下社会。可我想我姥爷啊，想依偎在他胖胖的身子旁看电视，或是听他唠唠叨叨。

　　那时候，他已经70多了。身体都好，只是血糖有点高。大他5岁的姥姥，比起他要差一些，腿脚已经不利索了。每天早晨起来，他会和姥姥分药。降压的、降糖的、降脂的，养护神经的，保护心血管的。两个人的饭菜简单，都是姥爷去弄。家也是姥爷收拾，扫扫擦擦，一尘不染。

　　姥姥说，当初嫁给你姥爷，他还是个小孩子。我以为要伺候他一辈子，没想到，老了全要靠他了。

忽然好羡慕他们，乱世里一路走过来，创造过新中国开采石油的神话。他们从风风雨雨，到风和日丽。缘起，却只是闭起眼的盲娶盲嫁。

姥爷说："婚姻哪，就要像干工作一样，少计较，多办事，能者多劳，谁行谁上。"

后来，我把这句婚姻保鲜的真谛传给了我老公。

大二那年，我二舅去世了。二舅有副刚正却火暴的烈性子。平时对父母极孝顺，可犯起驴来，气得姥爷肝儿疼。姥爷一辈子没和谁红过脸，唯独二舅能气到他。可姥爷心里是喜欢他的，一身正气。可惜二舅命不好，才40多岁，只因为几句口角，被人捅了要害。

全家因为他的死，消沉了很久。可能是因为姥爷以前干事业，举家迁来迁去，两个舅舅和大姨都不太爱读书，性格也都不太好。二舅就不用说了，像团火，燃起来，烧毁一片。而我大舅却冷得像冰，平时他都不怎么和家人来往。至于我大姨，性情暴躁，却又没主见。家里面，从老公出轨，到儿子求学，都要靠我妈出力出钱去解决。

有时想，姥爷对我这么好，也是因为喜欢和疼爱我妈吧。好学，有能力，继承了他的衣钵。如今，我妈把这个精神传给了我。

我一路蛮拼的。跨过轰轰烈烈的2008年，我毕业，读研，进了国字头的出版社，之后落户买房。谈了一场恋爱，临门一脚的时候闹崩了。

新房装修好，是 2011 年。十一国庆，我把姥爷姥姥接来北京玩。那一年，姥姥已经迈过 80 岁，姥爷却自称很年轻，还是 70 后。他们第一次坐高铁，第一次坐我开的车，第一次在北京，住在自己的房子里。姥爷一路笑得合不拢嘴，不停地夸我厉害。我带他们去前门吃烤鸭，去故宫看龙椅，去我的母校，看看我读书的教室和住过的宿舍楼。校园里的银杏，已经是金黄色了，轻轻摇动着温柔的时光。

姥爷说："真好呀，以前做梦都不敢想。"我得意地说："以后你负责做梦，我去实现好了。"

姥爷说："那好，我要坐宝马，我还没坐过呢。"

姥姥就笑他，老眸咔嚓眼的，还坐宝马，看看就行了。

其实我家还有亲戚家都有车，只是都没有宝马。后来，2013 年，我换车的时候，咬牙换了宝马。提车的那个月底，我一路高速，狂开 600 公里，回了盘锦。

我爸说："你这丫头疯了？高铁多舒服啊。"

我说："我姥爷想坐宝马。"

忘不了那一天，我载着姥爷和姥姥去兜风。从小长大的城市，有些路已经不认识了，有些还是老样子。正是放学的时候，姥爷伏在车窗口，轻声和姥姥说："好快啊，感觉前几年，我还骑着自行车接外孙女放学呢。

现在坐上她的宝马了。"

忽然之间，鼻子就酸了。

童年的时候，我曾暗暗发过誓，要为姥爷姥姥养老。可当我把自己变成姥爷期望的样子，却发现自己回不来了。我的人生已经扎在了北京，和姥爷隔着600公里的路程。一年最多回来两三次，所有孝顺也凑不满一个月。

也是这一年，我这个大龄女青年，相亲了。只是没想到，最后兜兜转转是小时候的邻居。

我老公李硕家里也是油田人，我俩小学初中高中都在一个学校，只不过他比我大4岁，后来我家搬了家，我俩的交集并不多。高中毕业后，李硕就去了德国，一去就是13年。回国后在中国铁建做项目。

双方家长重新联系上后，认定我俩很合适。也确实挺合适的。都说女人的另一半会有父亲的影子。可我的另一半，更像我姥爷。善良、温和、勤奋、正直。

2015年，我嫁给了李硕。婚礼很盛大，姥爷和姥姥都来了。他们穿着我专门定制的中式礼服，有种穿越时光的浪漫与幸福。

姥姥摸着她的裙子，说："天啊，比我当年出嫁的时候穿得好多了。"

我姥爷看着她，憨憨地笑，像个14岁的傻小子。

姥姥说："你笑啥呀？"

他说："啊？"

"你笑啥？"

"啊？"

姥姥被他气得放弃了。

那一年，姥爷就有点耳背了。老年人，总有这么一天。只是这让我和他通电话时变得好难。因为听不清，只能互相所答非所问地喊两句就挂了。

2017年，我生了宝宝。我妈过来了。李硕的工作，就是全国跑，不能长时间地陪着我。

出了月子，我妈才告诉我，姥爷已经确诊了"阿尔茨海默病"，有过一次休克，还有几次想不起家。目前还好，只是有时想不起事的时候，会发脾气。平时，也不那么爱笑了。

我听着，眼泪掉下来。我忙嘱咐妈妈早点回老家。我妈问，那你怎么办啊？

还有李硕呢，不行让婆婆来帮忙。虽然我知道婆婆再好，也没亲妈相处着舒服，但我得让我妈回去了。因为家里面，除了二姨，没有让人放心的。我要是把妈妈留在身边，二姨那会儿工作忙，根本没精力照顾好姥爷。我宁愿辛苦点，也不能委屈了姥爷。

我妈回去后，每次打电话，都说姥爷好了很多。我渐渐放下心来。直到2018年春天，有天我的微信上突然接到一个视频，是我妈打来的，但点开，那头是姥爷。

很显然是姥爷打错了视频。姥爷的状态看起来差极了，也瘦了很多。我还没来得及开口，姥姥就抢过了手机跟我说话。

我心里有了疑惑。李硕还在外地，我一个人带着女儿回了盘锦。回程之前，妈妈终于没法子瞒我，她在电话里对我说，你要有个心理准备，姥爷可能不认识你了。

我一下哭出来。妈妈说，她给姥爷看我和女儿的照片。姥爷指着我怀里的女儿说，那是我，却不知道抱着女儿的这个人是谁。

放下电话，我心里好难过。他们只是怕我担心，不敢告诉我真相。那天我一进门，眼泪就不由自主地往外涌。

我胖胖的姥爷，已经瘦得只剩个肚子了。大部分时间，都只能躺在床上。

我哭着说："姥爷，我回来看你了。"

我望着他，好怕。我好怕他问我一句你是谁啊？可我姥爷看见我的一瞬间，就露出了笑容。他颤巍巍地给我擦眼泪，用很虚弱的声音说："不哭不哭，我是太姥爷了，不哭。"

他用仅有的力气，握住了我女儿的小手。眼睛里，时而清澈，时而浑浊，仿佛有83载的时光，一并奔流而过。

我好想依偎进他怀里啊。像记忆中那样。从我出生的第二天，就在这个怀抱里咿呀长大。软软的，暖暖的。可如今，我的怀里，也有个小小的人儿了。

2019 年，女儿上了幼儿园。我从出版社辞职，进了一家银行。之后，一场疫情，隔断了我回家的路。北京管理极严。银行又是国企，又是服务窗口，根本不可能批准离京。而我姥爷的病情，却一天天地恶化下去了。他已经认不出姥姥了。相濡以沫 75 年，竟然真的忘却于江湖。我只能通过视频看姥爷。他瘦得不成样子，失去吞咽的能力，靠鼻饲为生。

每次和妈妈视频，我都会痛哭。我女儿虽然一点点年纪，却很贴心。她看我难过会过来安慰我。我就抱着她，给她讲我和她太姥爷的往事。讲我像她这么大时候，给姥爷画的血盆大口。讲小学运动会的时候，姥爷总能拿着零食，在乱糟糟的孩子群里，找到我。讲我无意间说爱吃小番茄，从此家里的桌上永远有一盘。讲姥爷来北京的时候，发现我爱喝"九龙斋"的酸梅汤，回了老家，到处寻找这个牌子，只为我回去喝上这一口……

我不停地讲啊，讲啊。我不断用记忆中姥爷的样子，替换掉病床上的他。姥爷在我心里好像就又健康起来了。然而，那终究只是自欺欺人。

姥爷最后的日子是在大舅家过的。因为姥爷的房子给了大舅。我们这边都是谁拿房，谁养老的。大舅平时那么冷淡的一个人，也怕说闲话，于是把姥爷接回去了。

我妈特别后悔，同意大舅带走了姥爷。因为第一个月，大舅就把保姆辞了，说是舅妈可以做。然而，一个月之后，姥爷就不行了。抢救的时候，我妈给我打了电话，我哭着去求领导的。终于签了保证，给了假。那时候女儿正发高烧，还好李硕在家没有出差。我们商量后，他留下来带女儿去医院，我先回去。

我一个人做核酸，买车票，回了盘锦。我爸开车来火车站接我。我催他快一点。他说："不用急了，你姥爷已经在殡仪馆了。"

我眼前一白，差点晕过去。那是我最后一次见姥爷了。他轻轻地躺在白色的床上，没有一丝生息。

我都快要认不出他了。曾经胖如大白的姥爷，只剩下，那么窄窄的一小条。不知道他在最后的时光里，都经历了什么，有没有在回光返照的一刻想起我。

我心里忽然就起了恨意，混在昏暗的悲伤中，像一枚锐利的针。我想去拉拉姥爷的手，妈妈却拦住我了。

我妈说："你姥爷谁也不记得了，就让他安心地走吧。"我瘫跪在地上，哭着说："姥爷记得我，一定记得我。"

人在生死面前，太过渺小了。当我眼睁睁看着姥爷被推进火化炉，我才懂得了什么叫作永别与死亡。人生漫长，不过一捧灰烬。那是所有哭号都唤不回的单程票。只有悲痛和无助变成眼泪，证明着曾有一个那么疼爱我的姥爷，存在过。

回北京后，我有过很长一段的低落期。李硕的新项目在保定，周末他能陪我在家过一天。李硕说："不要太难过了，要向前看。"

可能姥爷对我太重要了吧。感觉大家都在向前看了，除了我。但我也只能把悲伤埋在心底，平淡地上班、下班、封控、隔离。

姥姥现在和我妈住在一起。她已经 90 多了，除了腿脚不行，一切都还好。我爸妈依然忙，请了保姆，照顾她。

有一次，姥姥和我视频的时候，保姆进来说："老太太，你家留这么多过期鱼罐头干什么呀？我扔了啊。"

我姥姥就说："别，就放着吧。那是我老头子留给他外孙女的，留到他自己把外孙女都忘了。"

我假装掉线，飞快关了视频。因为我不想姥姥看见我又哭了。

小时候我特别爱吃凤尾鱼罐头，油炸的，又酥又香。我姥爷总在家里备几罐，成了 20 多年的习惯。

后来，我妈告诉我，罐头快过期前，姥姥准备打开吃来着。那时我姥爷已经谁也不记得了。但他记得这个罐头不能吃，和家人哇哇大吼，发脾气。

我妈哄他："你不让吃留给谁啊？"

我姥爷就拿着罐头，不叫了。一个人定定地坐着，想啊，想啊，想了整整三四个小时，直到歪在枕头上睡着了。

从此，那几盒罐头，再没人碰了，一直存放在橱柜的角落里。

我妈说："你姥爷应该是想起你了，就是不知道你是谁。因为我看他睡着的时候，手里拿着你的照片不松手。"

我别过头，眼泪止不住往下掉。我说："妈，那几盒罐头寄给我好吗，姥爷留给我的，你们别丢了。"

我妈却说："就留我这儿吧。你想起来的时候，还知道这边有个家等着你回来。"

一个"家"字，让我哭崩了。

没人知道姥爷之于我的意义。是他弥补了我缺失的父爱，也是他给了那个孩子一个美好的童年，一个完整的家。

前段时间，北京的银杏又变成了金黄色。流云淡淡地卷着，缠绕在阳光里。天气好得让人想出逃。我带着女儿到郊外去转了转。她已经五岁半了，梳着两个一蹦一跳的小辫子。路上，吃了顿饭，天就黑了。

月亮还没出来，只有星星点缀在深蓝的天幕上。女儿仰着头，忽然指着最亮的星星说："妈妈，你看，那颗星星一定是太姥爷。他在看着我们呢。"

一瞬间，我泪流满面。

女儿是听着我和她太姥爷的故事长大的，小小的她知道我心里深埋的悲伤与想念。

我牵起女儿的手，仰起头说，对："那是你太姥爷。他想起我们了。"

也许住在天国的姥爷，真的想起了一切。他摇晃着胖胖的身子，带着慈祥的笑，钻进那束最明亮的星光里，遥望着他用半生去疼爱的外孙女吧。

时间怎样地行走

从小，我是跟着姥姥长大的。她可厉害了，个子高高的，嗓门大，手劲也大，干力气活儿都不输男人。村里人别说欺负我家的人，欺负我家鸡鸭鹅，都能被她揍两巴掌。

到现在我都记得，第一次见她的样子。她梳着短发，凶巴巴地对我说："以后听我话啊，要不然揍你。"

那是 1993 年，我 4 岁。

我爸放下一个大背包，说："玲玲的东西都在这儿了，过段日子我再来看她。"

然而，从那之后，他再也没有来看过我。

有关往事，模模糊糊的，只记得我爱哭。姥姥那个脾气，也不会哄我。大部分时间，她就把我放在田边，拿根绳拴在树上，随便我哭闹。

我哭累了，就趴在树荫下睡着了。

姥姥休息的时候就会过来，给我讲故事，都是什么仙儿、鬼呀的。有些能把我吓得半死。

起初，我也会问我爸什么时候来接我。但慢慢长大了，也就不再奢望。我妈在我两岁那年意外去世，我爸住在县城，好不容易找到了新老婆，不愿意要我，只能把我送给乡下的姥姥。

其实姥姥很少提我爸的，只记得她说我爸，太傻了，找个不愿意养他女儿的婆娘，心眼小了点。

姥姥家在一个小山村，非常贫穷闭塞。姥姥生了一儿一女。姥爷去世得早，姥姥含辛茹苦把两个孩子拉扯大。

其实，我刚被送回来的时候，舅舅很反对。毕竟嫁出去的女儿泼出去的水。我一个外姓孩子，应该送到我奶奶那边去。

姥姥说："要是个男孩，我就给他们家，女孩我怕受欺负。"

那时候，电视台常放 87 版的《红楼梦》。每次看，我就觉得自己像身世可怜的林黛玉，只有贾老太太疼爱她。

不过呢，我姥姥非常不像富态的贾老太太，倒和瞎逛园子的刘姥姥差不多。以前她还会学那句，老刘，老刘，食量大如牛，吃个老母猪，不抬头。每次都能逗得我在炕上打滚地笑。

说实话，虽然我是个没爸妈管的孩子，可我从小没受什么欺负。因为我姥姥太厉害。她是那种能动手，就不张口的人。谁要敢说我没爸妈，她上去就是两巴掌。

当然，这暴脾气也没少打我。也是我太皮了。上学把我们班男生打得带着爸妈找上门。四年级的时候，差点把我们老师住的房子烧了。

那一次，我姥把门锁起来，追着我满院打。我没地方躲，顺着鸡窝，趴到房顶上。

我叉着腰说："你再打我，等你老了我不养你！"

我姥一记飞鞋扔过来，说："我有儿子呢，我要你个小兔崽子养！你给我滚下来！"

村里的小孩趴着墙头，起哄加油，场面真是热闹极了。

回过头来看，别人花枝招展的少女时代，我都是在贫穷中度过的。我爸就像完全没有我这个女儿一样，再没管过我。姥姥一个人养我，真的没什么钱。我从小到大，穿的都是表哥的旧衣服。所以我几乎没有裙子。

不过温暖并不一定需要钱，穷也有穷的快乐。春天槐花开的时候，我和姥姥一起摘槐花，洗干净，和上面，烙出香喷喷的槐花饼。冬天来了，姥姥在土灶里烤上地瓜，放学回来，就能闻到香甜糯软的香。

　　我上初中了，都和姥姥睡在一个炕上。我喜欢挤着她睡，喜欢她用大手，轻轻拍着我。

　　一天晚上，我抱着姥姥轻声说，姥姥，我妈和你像不像？

　　姥姥就猜到我想什么了。

　　她说："像，你妈和我可像了，也是大个子，干活一把好手。"

　　我抱着她，心里就有点难过了。哪个小孩会不想妈妈呢，尽管我都不记得她。

　　姥姥好像能听见我心事似的，说："别想了，你有姥姥。姥姥疼你，以后你会有出息的。"

　　就算是借了姥姥的吉言吧。表哥学习不好，初中毕业就打工去了。而我高中考上了县里重点。那应该是 2004 年了。本来是件高兴的事。但高中就不是义务教育了。学费啊，住宿啊，不是姥姥承担得起的。

　　出成绩的第二天，姥姥带我进城了。她是来找我爸的。10 多年，我们都没见过。之前还以为会多激动，其实见面就像看个陌生人。反倒是我爸，总想和我套近乎。

　　那时候，我爸生活条件不错了。开了一家洗车店，生意还挺好的。他又生了个儿子，比我小 7 岁，见面就喊我姐姐，还挺有礼貌的。

　　姥姥和我爸说："要不是玲玲考了一个这么好的

学校,我也不来找你了。你当爹的,怎么也该尽点责任。"

当时,我继母也在。她很不高兴地说,您老这话怎么说的了。以前我们是真困难。这几年缓过来了,没少给钱吧。

我和姥姥全愣住了。

那天我们才知道。3 年前,舅舅进城发现我爸开店了,于是隔几月就来找我爸要钱,说是抚养费。零零散散,大概要了有 1 万多元,却从来没有和我们提过一个字。

那天我爸给了我们 1000 元。姥姥的脸烧得通红,拉着我就走了,也没拿钱。

那是我第一次看见姥姥掉眼泪。她一辈子刚硬,多难都没哭过,结果因为儿子不争气,气哭了。

姥姥回村就找舅舅要钱。舅舅却很有道理地说:"这些年白帮他养孩子吗? 这些钱不花在玲玲身上,肯定花在他儿子身上了,我要的这点还不够呢。"

姥姥气得浑身发抖。她拍着桌子说,我也不和你废话,你把玲玲上学的钱交了,这事就算过去了。要不然我把你拆了!

舅舅还是怕我姥姥的,只能同意。

我就这么上了高中。我爸知道我来县城读书了,隔三岔五来看我,请我吃饭。我心里是不原谅他的,但某种天然的情绪,促使我靠近他。

我问他，为什么那么久不来看我。

他回答也很实在。钱。开始的时候，没钱。他带着老婆去广东打工，前几年才回来，开了洗车店。他之前有想过来看我的，却被我舅舅骗得团团转。

舅舅说我过得挺好的，不让他来打扰我。

周末回家，我和姥姥说了爸爸来找我的事。我说，我心里过不去，不想认他。

姥姥说："有啥过不去的。他是你爸。你不认，他也是。"

现在想想，我可能也是在等姥姥的首肯吧。她同意我认谁，我就认谁。她要是不同意，我就六亲不认。

我就是那时和我爸有了联系。他每个月会给我生活费，不用姥姥负担了。舅舅知道了，就和我姥姥说，看你是不是白养这么多年。他爸精着呢。等快挣钱了，就要走了。

我气得满脸通红，说："白什么养，将来我给我姥养老，用不着你。"

我姥就开心地笑了。她说："姥姥知道你有这个心就行了。我有儿子的，让外孙女养老，还不让人笑死我这把老骨头。"

那时候，我心里真是赌着这口气呢。想着，将来挣钱，一定好好孝敬她。可有时候，孝顺不是光有心就能办到的，还要有时间。

2008 年，我考到复旦大学。这让姥姥乐坏了，说我真有出息。

我的性格，更适合外面的世界。开朗、热情、果敢，像年轻时的姥姥。学校里搞活动，我给学生会拉赞助，拉得学生会主席都惊了。

毕业，我留在了上海，进了一家 500 强的日化企业。上班之后，就更没时间回老家了。只有过年，才能回去看看。平时，就给她汇些钱，让她吃好喝好。

每次回去，姥姥都高兴得不得了，给我做各种好吃的。她还会在土灶里烤地瓜，说我小时候最爱吃。

她嘱咐我春天回去一次，好给我做槐花饼。可是，996 的我，哪有时间呢。

2010 年，表哥结婚了。2012 年生了个儿子。

姥姥可激动了。然后就开始关心我的人生大事，一通电话，就先问我有没有男朋友。

还好离得远。

我是到了 2015 年才交男朋友的。他叫程明，新上海人，我们是合作项目时认识的。程明是这么描述我们恋爱的。他本来是甲方大爷，却被我骂成孙子，后来就动心了。

他家里多少有些反对我们的，但程明这人太有主见了，这些年他爸妈习惯听他的，婚姻大事也不例外。

所以没过多久，便是祝福声了。毕竟，我也很优秀的好吗!

2016 年春节，我带程明回了老家。姥姥还蛮喜欢他的。第二天，吃晚饭的时候，姥姥忽然对我说，你爸最近咋这么年轻呢？

全家人跟着哈哈大笑起来。等我反应过来的时候，心里咯噔一下。觉得姥姥有点不对劲。

过完年，我和公司请了假，带姥姥去城里做了体检。各方面都挺好的，就是大脑认知水平有点退化。

有一些放心，也有一些担心。放心的是眼前没什么大事，但大脑的退化是不可逆的。我担心她的将来。

回去的路上，我嘱咐她好好吃药，平时多吃点有营养的，别舍不得花。

她说，知道。

可我觉得，说了也是白说。

我都知道的，我给她的钱，她都塞给她儿子孙子了。尤其是我那个不成器的舅舅。

回了上海，和程明吐槽。

程明说："你不要给钱，老太太不舍得花，你给了也没用。你买东西回去。"

他提醒我了，我开始网上买各种东西尽孝心。

牛奶啊，营养品啊，隔三岔五地往回订。

和她视频，问她吃了没有。她就说吃了，都吃了，可好吃了。可是过年回去，那些牛奶补品什么的，都在我舅舅家放着呢。

我舅妈说："你姥姥都不吃，我们是怕放坏了。"

我除了默默翻白眼，还能干什么呢？

2017 年，明显感觉姥姥反应慢了，腿脚也有些不灵活。问我舅舅检查没？他说人老了都这样。

我就是那一次，和姥姥商量送她去养老院的。我觉得舅舅一家照顾不好她。

姥姥一听就急了，拍着桌子和我说："我是有儿子的人！我死也要死在家里头。住那个地方，要让人戳脊梁骨的。"

怕她高血压，我不敢争辩，闭了嘴。没想到她竟然以这种方式打败我了。

那年春天，村口的老槐树又开花了。表哥在微信上发来一张照片，姥姥坐在树下，一直看着远方。

表哥说："猜，她在等谁放学呢？"

我拿着手机放声大哭。姥姥是在等我吧。她的记忆是都混乱了吗？

我问表哥："姥姥现在什么情况？"

他说："没啥事，就是有点老糊涂了呗。"

那一年，姥姥已经 70 多岁了。

这是我为什么不想说自己老家在哪里，免得地域黑。但说真的，我们那边农村的民风，对老人都有一种超乎寻常的冷漠。我曾亲耳在饭桌上，听一帮人高谈阔论，"老而不死是为贼"。

我问："你们不怕老吗？"

我舅舅笑着说："老了就痛快点，我肯定不会拖累我儿子。"

几乎每年回去，都会听到一些惨烈的故事。绳子、农药、投河，三选一。讲的人却很平静，仿佛习以为常。

是 2018 年 5 月，程明和我求婚了。我们定在 2019 年春节之后领证办婚事。

7 月，突然接到舅舅电话，让我赶紧回去。他说姥姥不行了，让我见最后一面。我是一路哭着回去的。到家就看见姥姥，躺在炕上，眼睛半睁着。院子里冰棺都拉来了，看得我心惊肉跳。

我舅妈说："你快喊你姥，让她放心走吧。她看不着你，咽不下这口气啊。"

我扑在姥姥身边，拉着她的手大喊："姥姥，姥姥，玲玲回来看你了。"

姥姥听见我的呼唤，睁开了眼睛。她说不出话了，就用她的大手，使劲地回捏了我。

那把子力气，一下让我清醒了。

我站起来喊："你们干呢！我姥还活着呢，为什么不抢救？！"

舅舅说："救啥呀，都打了好几天针了。你姥姥看见你，回光返照。"

我真急了，脱口骂出来："你是人吗？"

那天是程明打的120。足足等了一个多小时，救护车才进村。抬上救护车的时候，姥姥哭了。

她闭着眼，眼泪止不住地往下掉。我擦都擦不完。我一直喊："姥姥，你要坚持啊，你还没看着我嫁人呢。"

救护车送到县城医院，已经是晚上了。姥姥是细菌感染加发烧，导致多器官衰竭，进了ICU。要先交10万元。程明当即把我们存着办婚礼的钱拿出来了。

第二天，我爸知道我在这边，给我送来了3万元。他说，我欠老太太的，先拿这些吧，不够我再想办法。第一次，特别诚心诚意地说了声："谢谢爸。"我爸眼圈红了，说："老太太人善，这么走了，没天理了。"我忍不住哭出声。

姥姥在ICU里住了半个月，把命救回来了。

医生说："老人家身体素质真强，一般人扛不过来。"

出院后，我根本没问我姥同不同意，就把她接到了上海。我在上海找了家很好的养老院，一个月能干掉我三分之一的工资。

我和程明说："要不，你还是别娶我了。我姥以后就得我养了，负担很大的。"

程明抱住我说："干啥呀，那是咱姥姥，以后得咱们养。再说了，你是瞧不起我啊，养个老太太养不起？"

他一句话，又把我搞哭了。那段日子，真是把我这辈子的眼泪都流光了。

姥姥来了上海后，身体恢复得非常好。因为坚持用药，大脑退化也控制住了。就是比之前反应慢。

2019 年 4 月，我和程明办了婚礼。婚礼前一天，我把姥姥接出来，住在家附近的酒店。我在上海没娘家呀，只能把酒店当娘家了。

那天我闺蜜都来了，好热闹。可早晨起来，我姥盖着被子不肯动，谁离得近就凶谁。

我就关起门，问她怎么了？

原来姥姥可能是太兴奋，晚上尿床了。

我连忙给她洗澡，找备用内衣，又让服务生来换床单。

姥姥就像个小孩似的，不敢吱声。床单撤掉的时候，她问我："我是不是闯祸了？"

我说："这算啥呀，哪比得上我把老师的房子烧了？"

人老了真有趣，眼前刚发生的事，都记不真切。可那些久远的记忆，却清晰无比。

姥姥忽然说："那个时候你说要养我，我还嫌弃呢，没想到现在真要靠你养了。"

说着，姥姥眼圈就红了。我忙哄她："你现在别哭啊。一会儿我给你磕头的时候，你再哭。"

姥姥说："对对对，玲玲嫁人了，我要多笑。"

2020 年，疫情发生，没敢要孩子，也没敢回老家。2021 年春节才带着姥姥回去。姥姥养白了，也养胖了。

饭桌上，亲戚朋友都说我姥好命，外孙女没白养。小侄子见缝插针地问我："怎么不订那个牛奶回来了，我特别爱喝呢。"

我们全家一起尴尬地笑。

回程坐的高铁，姥姥累了，就靠在我肩膀睡着了。越来越觉得她像个小孩子。

程明悄声问我："你说你舅舅宁肯花钱办葬礼，不肯花钱救姥姥，这是什么心态？"

我叹了口气，不知道要怎么给他解释这样苍白的亲情。

忽然，姥姥抬起头说："玲玲啊，以后咱们不用回来了。"

我一怔，说："好啊。"

过了三秒，姥姥又抬头说："将来我死了，也别把我埋回去。"

我说："行，你放心，埋个离我近的地方，想看你也容易。"

我姥这才满意了，靠着我，香甜地睡了。

姥姥现在的状态还蛮好的。上海很大，但她说这里有我，她不孤单。我和程明只要有空，就带她出去溜达溜达。而每次经过当年我结婚的那个酒店，姥姥总要停下来看一看，乐此不疲地说起当年她闯下的"祸"。然后我们乐呵呵地笑得很开心。

可是有一次，姥姥不知道怎么说着说着就红了眼睛。她说："姥姥没用，没能让你风光出嫁，还给你惹麻烦。"

我搂着姥姥，说："想什么呢，现在不挺好嘛。"

是啊，现在真的挺好的。我和程明这些年都升职了，工资涨了不少。买了车，买了房，一切都越来越好。我已经很满足很满足了。而这样的好，都是姥姥带给我的。无法想象如果没有姥姥，我的人生会怎样。

其实，我讲出自己的故事，并不想抨击谁。只是想让大家多关心一下农村的老年人。

他们把一生都奉献给了自己的子女，老了，却一无所有。当年轻人有能力一步步走出来，请不要忘了，那些永远走不出来的老人。请多给他们一些关爱，而不是等到有一天，子欲养而亲不待。

希望我的姥姥长命百岁，余生的每一天都快乐。有她在，我这个世界上就还有亲人。

谁不是第一次做人

谁不是第一次做人

谁不是第一次做人

图书在版编目（CIP）数据

谁不是第一次做人 / 猪小浅著 . -- 北京：中国友
谊出版公司 , 2024. 9. -- ISBN 978-7-5057-5984-8

Ⅰ . I247.81

中国国家版本馆 CIP 数据核字第 2024VN9663 号

书名	谁不是第一次做人
作者	猪小浅　著
出版	中国友谊出版公司
发行	中国友谊出版公司
经销	北京时代华语国际传媒股份有限公司　010-83670231
印刷	唐山富达印务有限公司
规格	880 毫米 ×1230 毫米　32 开
	9 印张　152 千字
版次	2024 年 9 月第 1 版
印次	2024 年 9 月第 1 次印刷
书号	ISBN 978-7-5057-5984-8
定价	59.80 元
地址	北京市朝阳区西坝河南里 17 号楼
邮编	100028
电话	（010）64678009